레이에트,
자립!?

CONTENTS

제 3 6 장 * 성가신 일 p7

쉬어가는 이야기 * 세레스, 달콤새콤 스트로베리 p69

제 3 7 장 * 첫 심부름 p77

제 3 8 장 * 수도로 p118

제 3 9 장 * 밀당 p149

제 4 0 장 * 사교 p204

제 4 1 장 * 귀향 p222

추가이야기 * 마리알의 결의 p254

추가이야기 * 암부여 잘가라! p260

포션빨로 연명합니다! 5

Author **FUNA** Illust. 스키마 옮김 **박춘상**

도리스자트

왕도 그루아

발모어 왕국

왕도 아라스

아시드
왕국

브란코트
왕국

왕도 리테니아

베리스카스

유스랄 왕국

수도 잼스

N

화룡산맥

W E

해변 도시

S

Design
무카데야 유우코+타니고메 카부토
(무시카고 그래픽스)

제36장 성가신 일

〈바로 연락주세요. 타오나.〉

"이게, 뭐야?"

거점으로 삼고 있는 '편리한 가게, 벨'로 돌아오니 문에 종이가 붙어 있었다.

"무슨 일일까요?"

음, 그것도 궁금하긴 하지만, 그전에…….

"여기 적힌 타오나라는 사람이 누구야?"

상대가 누구인지 모르니 연락하려야 할 수가 없다.

다들 고개만 갸웃거렸다. '타오나'라는 인물이 누구인지 다들 짐작 가는 바가 없는 듯했다.

"패스~!"

응, 어쩔 도리가 없으니까.

오늘은 요리를 살짝 거나하게 차려 먹고서 일찍 쉬자. 아무리 온천에서 푹 쉬었다고는 해도 여러모로 피곤하니까. 특히 걸어서 돌아오느라.

그때 나는 미처 알아차리지 못했다.

며칠 뒤 나는 에드를 비롯한 말들이 지내는 목장에 가서 짧은 여행담을 들려주었다. 그랬더니 에드가 '왜 우리를 안 타고 갔어?' 하고 따져 물었다.

그리고 내가 무심코 '아……' 하고 말을 흘리자 '깜빡 잊었구나! 우리를 새카맣게 잊어버렸어어어어!!' 하고 에드가 광분하였다. 그리고 에드의 부인과 딸, 그리고 로랜드와 프란세트가 타는 말들이 날 싸늘하게 쳐다봤다. 나는 그 시선을 견딜 수가 없어서 억지로 여러 약속을 맺은 뒤에 지급되는 사료의 질을 올려주기로 했다. ……젠장.

그래도 뭐, 이번은 내가 잘못했다. 어쩔 수 없지…….

**

"돌아왔으면서 왜 오지 않은 건가요!!"

저녁 영업시간에 누군가가 버럭 호통을 쳤다.

"……누구시더라?"

"저예요! 타오나라고요!!"

내가 고개를 갸웃거리고 있으니 뒤에서 로랜드가 슬쩍 일러주었다.

"그, 약사 노인의 제자잖나!"

"아…….."

아무래도 로랜드는 타오나라는 이름은 기억하지 못했지만, 얼굴은 기억했던 모양이다.

자랑은 아니지만 나는 얼굴을 잘 기억하지 못하는 편이다. ……정말로, 진짜 자랑할 만한 이야기는 아니다.

그나저나 아까 전까지만 해도 2층에 있었으면서 언제 내 뒤로 다가온 거지? 로랜드…….

"음, 저기, 약사 제자가 어쩐 일로? 이 가게에서 이제 희소한 약은 안 파는데?"

손님이 아니니 굳이 존댓말을 쓸 필요는 없겠지. 내가 더 나이가 많고, 거래처 사람도 아니니 저자세로 굴 필요가 없다.

내가 건방진 태도로 언짢아하는 투로 말하자…….

"당신에 관해 여기저기 캐묻고 다니는, 수도에서 온 듯한 상인들과 왕궁 관계자로 보이는 사람들이 있다는 걸 알려주려고……."

"잘 오셨습니다! 어서 2층으로 올라가시죠! 금세 차와 다과를 내오겠사오니……."

응, 중요한 손님 물론 정중히 대접해야지. 당연하잖아!

내가 손바닥을 뒤집듯이 태도를 확 바꾸자 타오나 씨가 어이없다는 듯 눈을 찡그렸다. 그러나 그런 거 신경 쓰지 말자. 정보는 천금의 값어치가 있다고 했다. 더욱이 무료이니 정말로 천금짜리 정보다. 얼마든지 알랑거려주마!

＊＊

"……그래서 혹시 몰라서 알려드리려 온 거예요."

나는 '사는 데를 몰라서 바로 가지 못했다'라는 변명과 함께 사과를 하고서 자초지종을 물었다. ……물론 타오나가 누구인지 전혀 몰랐다는 말은 하지 않았다. 나는 눈치가 없어서 결혼도 못할 만큼 한심한 사람이 아니니까.

아니, 내가 원하는 건 아내가 아니라 남편이니까 굳이 여자 때문에 눈치를 살필 필요는 없긴 하지만.

……레이에트 짱?

응, 레이에트 짱이라면 아내로 맞아들여도 좋을지도…….

아니, 아니, 그건 일단 제쳐두고!

"……다시 말해 그 사람들이 최근에 이 도시에서 벌어졌던 기적이나 신기한 현상을 조사하러 왔다는 건가요? 그것도 국가에서…….'

야단났다.

그러나 관계자들에게는 입단속을 단단히 해두었다. 내 이야기를 누설할 리가…….

"아뇨, 상인들은 제각기 다른 상단 소속인 것 같았고, 왕궁 관계자도 누군가가 개인적으로 파견한 것 같았어요……. 나라의 명령을 받아서 온 것처럼 에둘러서 말하긴 했는데, 나중에 책임 추궁을 당하지 않으려고 미묘하게 표현한 듯한 인상이 풍겨서……."

오오, 역시 약사 제자답다! 아직 젊은데도 머리가 꽤나 잘 돌아간다. 그리고 관찰력도 우수하다.

"그런데 왜 그들이 날 찾고 있다고 단언하는 거죠?"

그래, 나와의 연결고리를 그렇게 쉽게 찾아낼 수 있을 리가 없다. 입단속, 변장, 협박 등등 만반의 대책을 마련하여 시행했다. 그러니 안전할 텐데……

"스승님인 오레딤 님께서 불었습니다."

"빌어먹을 영감탱이이이이이! 또 그 녀석이냐아아아아아~!!"

그러나 그 녀석에게도 입단속을 해두었으니 제 입으로 먼저 말했을 리는 없다. 그렇게 판단하고 있으니……

"아하하, 스승님은 남작가의 가신이 살짝 엄포를 놓았을 뿐인데도 아는 걸 술술 불어버릴 만큼 새가슴이에요. 하물며 왕궁의 위엄을 내세우며 추궁하는 사람 앞에서 비밀을 지키겠어요?"

타오나가 자조적으로 웃으며 그렇게 말했다.

"그, 그럼 상인들한테는 아직……"

"스승님은 권력보다도 뇌물이나 기부에 더 약하세요. 아하하……"

타오나가 힘없이 웃었다.

"그래도 뭐, 나쁜 사람은 아니지만……"

"나빠! 충분히 나쁘다고!!"

그리고 인내심이 부족한 나는 그렇게 딴죽을 걸지 않고는 배길 수가 없었다……

그래도 아직까지 저들은 나를 희소한 생약(生藥)을 판매하기만

11

한 일개 소녀라고 여기고 있겠지.

아무리 희소하다고는 해도 일단 일반판매를 하기도 했고, 판 것도 딱 한 번뿐이다. 두 번 다시 입고되지 않을 거라고도 했다. 동시기에 벌어졌던 여러 '기적'들에 비해서는 대단찮은 일도 아니다.

내가 그렇게 생각하며 조금 안심하고 있으니…….

"그런데 스승님의 얘기를 듣고서 그 사람들이 '다음에는 병에 걸린 장남이 기적적으로 나았다는 드리펠 남작가에 가보고, 그다음에는 레이펠 자작가가 소유한 카를로스라는 말을 맡고 있다는 그 마구간에 가서 이야기를 들어보자', '레이펠 자작가의 사용인들은 입이 무거우니 개나 까마귀에게 주려고 저질 고기와 곡물, 견과류를 대량으로 구입했다는 그 수수께끼의 소녀를 찾자. 인원을 나눠서 정육점과 야채 가게, 시장으로 보내어……'라고 말씀하셔서…….'

"……꺄."

"꺄?"

"꺄아아아아아아아~~!!"

이 세계 사람들의 조사 능력을 너무 얕잡아봤나 봐아아아아아~~!!

마구간 할아버지에게는 굳이 입단속을 할 필요가 없겠다고 생각했다. 그곳에는 카를로스 매매기록뿐만 아니라 에드를 비롯한 말들을 관리해달라고 부탁하면서 의뢰인으로서 적어놓은 이름과 연락처도 남아 있다!

그 사건 때 카를로스가 내 소유였다는 기록이 떡하니…….

"그리고 다들 '눈매가 사나운 소녀를 모르냐'고 묻기도……."

부들부들!

"아아, 카오루 언니야, 정신 차려어어~~!!"

레이에트 짱의 목소리가 점점 멀어지는 듯했다. 나는 탁자에 엎어져 경련했다…….

**

"……아, 부활했다!"

레이에트 짱의 목소리를 듣고서 고개를 휙 들었다.

"……타오나는?"

"진즉에 돌아갔습니다."

아까 전에는 없었던 프란세트가 로랜드와 함께 걱정스레 나를 쳐다보고 있었다.

아무리 프란세트가 내 곁에 붙어있다고는 해도 이따금씩 외출하기도 한다. 그때는 반드시 로랜드, 혹은 에밀과 벨을 내 호위로 붙여두기는 하지만.

그래서 아까 전에는 레이에트 짱과 로랜드밖에 없었다. 에밀과 벨은 단련도 하고 돈도 벌기 위해서 헌터 길드의 의뢰를 받아 한창 일하고 있는 중이다.

"이야기는 로랜드 님한테서 들었습니다. 아무래도 타오나인지

뭔지 하는 아가씨가 카오루 짱을 꽤 정확하게 파악하고 있는 듯하군요. 뭐, 자기 스승이 드리뷀 남작가 사람한테 이곳을 알려준 뒤에 남작가 장남이 기적으로 병이 나았다는 사실, 그전에 본인이 직접 겪었던 생약 사건, 그리고 캐묻고 다니는 자들이 입 밖으로 흘린 '눈매가 사나운 소녀' 등등. 머리가 영리한 자라면 그런 단서들만으로도 그 일련의 사건들의 배후가 누구인지 짐작하고도 남지요……. 뭐, 자기 스승이 저지른 불의한 짓을 만회하고 싶은지 그녀는 우리를 도와주려는 것 같습니다. 그 점은 다행이지만, 문제는 수도에서 왔다는 그 녀석들이군요. 그나저나……."

프란세트가 곤혹스러운 얼굴로 나에게 물었다.

"어쩌죠?"

음, 어쩜담…….

……일단 얼버무릴까…….

그 녀석들이 '발모어 왕국의 사도님'을 아는 것 같으니 우선 그 부분부터 속이자. 4년씩이나 사도님 노릇을 해왔으니 외모는 제법 알려졌을 테지만, 이 나라 사람들 중에서 발모어 왕국에 직접 가서 내 모습을 본 사람은 거의 없을 것이다. 그러니 큰 특징을 바꿔버린다면 어떻게든 될 것 같은데…….

이 세계에서 멀리 떨어진 나라에 일부러 가는 사람은 거의 없다. 상인조차도 머나먼 나라로 진출하지 않는다. 아는 상인도 없고, 정세나 시장 현황도 잘 모르는 머나먼 나라에 상품을 운송하여 판매한다면 큰 손해가 날 가능성이 높기 때문이다. ……어떤 상품이 수요가 많을 거라고 판단하여 비싼 운송비를 치르면서까지 운송했더니 막상 시장에 넘쳐난다면 바로 파산이다.

그러니 수도에서 왔다는 녀석들이 발모어 왕국에서 나를 봤을 확률은 꽤 낮다. 더욱이 만에 하나 봤다고 해도 몇 년 전에 먼발치에서 힐끔 본 정도일 테니 괜찮다. 큰 특징을 바꾼다면 오히려 딴 사람이라고 착각할 테지.

그러니…….

"눈동자와 머리 색깔을 바꾸는 포션, 나와라!"

그리고 나는 그 포션을 당장 마셨다. 언제 그 녀석들이 앞에 나타날지 모르니까.

그리고 거울로 확인했다. 머리 색깔은 갈색, 눈동자 색깔은 연갈색.

응, 이제 OK. 그리고 추가로…….

"흑발 가발이 얹혀 있는 용기에 담긴 회복 포션, 나와라!"

그리고 일단 가발로 적당히 변장.

좋았어. 이제 완벽해!

이웃들은 내 머리가 흑발이고, 눈동자가 갈색이라는 걸 알고 있다. 그러니 눈동자는 '원래 이 색깔이었어요' 하고 얼버무릴 수 있도록 아주 살짝만 바꿨다. 그리고 머리는 '평소에는 흑발 가발을 쓰고 있을 뿐 원래 머리 색깔이 갈색이에요' 하고 말하면 된다.

일본인의 눈동자 색깔은 거멓다고 하는데 사실은 갈색이다. 지구에서 가장 흔한 색깔. 규슈에는 눈동자 색깔이 연갈색인 사람이 많다고 하지만…….

지구에서 살았을 적에 나도 어떤 국외와 관련된 서류에 머리와 눈동자 색깔을 적어야 할 일이 있긴 했다. 그 서류에는 머리는 블랙, 눈동자는 브라운이라고 적혀 있었다. 내가 스스로 적은 게 아니라 그렇게 적혀 있는 서류를 느닷없이 받았을 뿐이지만. 그러니 내 눈동자는 갈색이 맞을 테지.

이 세계 사람들도 내 눈동자를 보고 곧잘 검다고 하던데, 거무스름한 갈색인가?

뭐, 여하튼 외모는 이제 됐다. 이제 남은 건 처음에 정한 설정대로 철저하게 행동하는 것뿐!

**

"실례하겠습니다."

……왔다!

평범한 손님이라면 굳이 이런 말을 하지 않는다. 그건 '난 손님이 아냐' 하고 말하는 거나 마찬가지다. 그리고 왕궁 관계자라면 이정도로 정중하게 존댓말을 쓰지 않겠지.

그렇다면 저 사람은…….

"전 수도에서 온, 에렉딜이라고 합니다. 가게 주인께서는 계시는지요?"

음, 상인들 중 하나구나.

어라? 그런데 혼자서 왔나?

"제가 주인인 콰오루입니다."

응, 일부러 '카오루'가 아닌 다른 이름으로 들리도록 일부러 그렇게 발음했다. ……이름을 속였다고 추궁을 받지 않을 아슬아슬한 수준으로…….

이렇게 발음하면 저 상인의 귀에는 '콰오루'라고 들릴 것이고, 내 이름이 익숙한 사람들의 귀에는 '카오루'라고 들리겠지. 음음.

그 상인은 순간 어리둥절해했다. 그러나 여러 나라를 거치며 소문이 전해지는 동안에 이름이 살짝 바뀌었다고 여겼는지 그대로 납득했다.

뭐, 본인이 '콰오루'라고 하는데 납득을 안 하면 어쩔 건데? 납득할 수밖에 없지.

내가 이곳에서 쓰고 있는 이름은 진즉에 조사를 해두었을 터라 전혀 다른 가명을 댈 수가 없었다. 다른 이름을 댄다면 '나, 수상한 사람이에요' 하고 깃발을 흔들면서 외치는 거나 마찬가지다.

그래서 발음이 살짝 다른 이름밖에 쓸 수가 없었다. 그러니 이름이 조금 다르다는 이유만으로 '사도님'이 아니라고 부정하기는 어려울 테지만…….

"오오, 사도님! 이번에 저희 '그리폰 상회'에 포션을 납품해주시길 청하고자 이렇듯 수도에서 먼 발걸음을 했습니다……."

""""잠까아아아아안!!""""

그리고 상인으로 보이는 세 남성들이 가게 안으로 뛰어들었다.

"왜 혼자서 새치기를 하는 겁니까!"

"교섭은 다 함께 하자고 약속했잖아!"

"야, 장난 하냐!!"

……아, 역시…….

"하? 무슨 말씀을 하시는 건지? 장사로 성공하려면 상재와 시운(時運)이 따라야하는 법. 그리고 빠른 사람이 임자. 그게 상인의 상식이잖습니까? 지금은 제가 교섭을 벌이고 있는 중입니다. 나중에 와서 끼어드는 건 규칙 위반입니다."

"야, 웃기지 말라고!"

나중에 온 상인 중 하나가 먼저 온 '그리폰 상회' 소속 에렉딜인지 뭔지 하는 상인의 멱살을 잡았다.

"구질구질하군. '만티코어 상점'……."

에렉딜 씨는 멱살이 잡혔는데도 여유롭게 웃고 있었다.

아~ 상호로 보아하니 어지간히도 관계가 험악할 것 같네…….

"자자, 우린 상인이니 진정하고서 대화로……."

"맞습니다. '뿔토끼'의 말대로……."

그리폰, 만티코어처럼 강해보이는 상호가 나온 뒤에 이번에는 뿔토끼?

아, 그런가? 상단이니 다산과 풍요의 상징이자 주변에서 흔히 볼 수 있고, 또 고기가 맛있는 뿔토끼가 상호로서 더 적합한지도 모르겠네. 강하고 공격적으로 느껴지는 상호보다…….

좋았어. 일단 이 상황을 이용하자!

"으음, 여러분, 여긴 보다시피 어린 소녀가 지방도시에서 소담하게 꾸려나가고 있는 작은 상점이에요. 수도에서 일부러 먼 발걸음을 할 만한 곳이 아니거든요…….."

내가 어리둥절해하며 말하자 상인들은 그렇게 나올 줄 알았다는 듯이 고개를 크게 끄덕였다.

……젠장, 조사를 다 해뒀나…….

"콰오루, 무슨 일이야?"

아까 나는 카운터 아래에 달린 스위치로 점멸 신호를 보내두었다. 그 신호가 '벨, 태연하게 아래로 내려와'라는 의미임을 알아차린 벨이 2층에서 내려왔다. ……프란세트와 함께.

부르지도 않았는데 왜 벨과 같이 내려오는 거냐, 프란세트…….

가벼운 복장을 입고 있는 벨과 달리 프란세트는 기사 장비를 착용한 채로 덜컹덜컹거리며 다가왔다. 저런 복장을 입은 사람이 이렇게 작은 가게에 있으면 공연히 눈에 띄잖아…….

거봐, 상인들이 '역시나' 하는 얼굴로 고개를 연거푸 끄덕이고 있구만…….

"벨, 잠깐 가게 좀 봐줘. 그리고 당신은 이 사람들을 2층으로 안내해주세요."

벨과 프란세트에게 부탁한 뒤에 벨을 1층에 남겨두고 다 함께 2층으로 올라갔다.

이렇게나 사전 조사를 철저히 해뒀다면 당연히 발모어 왕국의 초유명 인사이자 '사도님'과 깊은 관계가 있는 '귀신 프란'을 모를

리가 없겠지. 그래서 프란세트라고 부르지 않은 것이다.

그러니 물론 로랜드의 이름도 부르지 않는다. 저 상인들과 왕국의 사자 앞에서 이름을 거론해도 되는 사람은 에밀과 벨, 그리고 레이에트 짱뿐이다.

네 명의 상인들이 나란히 자리에 앉았다. 그 맞은편에는 나 혼자 앉아 있었다.

프란세트는 무슨 일이 벌어졌을 때 바로 베어버릴 수 있도록 내 대각선 뒤에 서 있었다.

로랜드는 복장도 그렇고, 고귀한 아우라를 너무 뿜어내서 에밀과 함께 옆방에서 대기하고 있다. 상인 4명 정도는 프란세트 혼자서도 차고 넘칠 만큼 충분하다. 나도 뚱뚱한 아저씨쯤이야 자빠뜨릴 수 있을 테고.

"어~음, 무슨 영문인지 잘 모르겠지만, 상품을 사들이고 싶다고요?"

""""엡!!""""

으으음, 역시나 나와 연줄도 만들고, 치유 포션을 입수하려고 온 건가…….

"그럼 마음대로 하세요. 저희 가게 수납대에 진열된 상품 중에 원하는 걸 구입하시면……."

""""아뇨, 아뇨, 아뇨, 아뇨!""""

호흡이 착착 맞네.

아까 전에는 사이가 나빠 보였는데, 실은 친한 게 아닐까…….

"그럼 가게에 진열되지 않은 상품을 원한다?"

끄덕끄덕끄덕끄덕!

"으~음, 그럼 같은 물건을 여러 가게에 나눠서 납품하는 건 귀찮으니 한 가게에 몽땅 몰아주면 간단하려나……."

찌릿!

내가 그렇게 말한 순간 엄청난 살기가 뿜어졌다.

프란세트가 무심코 허리춤에 달린 검자루에 손을 댔을 정도다.

그리고 옆방에서도 덜컹, 하는 소리가 들렸다. 아마도 아직 미숙한 에밀이 무심코 의자에서 벌떡 일어선 모양이다.

……그나저나 상인 아저씨들.

좀 지나치지 않나요? 그 살기는…….

좋아, 이제는 자기들끼리 싸우겠지…….

"우선 함께 했던 동료를 배신하는 사람과는 안심하고 거래할 수 없죠. 저 역시 언제 배신을 당할지 모를 일이니까요……."

"뭐시라!"

에렉딜 씨가 경악하며 눈을 번쩍 떴다. 나머지 세 상인들은 흐뭇한 웃음을 흘렸다.

다음으로…….

"그리고 상인이면서 흥정이나 말이 아닌 폭력에 호소하려고 한 분도 좀……. 자신한테 유리한 계약을 강요하고자 폭력을 휘둘렀으니 일개 소녀에 불과한 저 역시 나중에 어떻게 될는지……."

"뭐시라……."

아까 에렉딜 씨의 멱살을 잡았던 '만티코어 상점' 관계자를 보며 말했다. 그러자 믿기지 않는 말을 들은 것처럼 눈을 번쩍 뜨고서 입을 다물었다.

왜 그렇게 놀라는 건지 오히려 내가 더 희한할 지경이다.

새롭게 거래를 트고자 하는 상대 앞에서 폭력으로 동업자를 누르려고 한 모습을 보였으면서 무력한 여성이 안심하고 거래에 응할 거라고 생각했나?

'만티코어 상점' 관계자가 '다 너 때문이야'라는 얼굴로 에렉딜 씨를 노려봤다. 나머지 두 사람의 얼굴에는 웃음이 번져 있다.

좋아, 다음…….

"그럼 어느 분과 거래를 하면 좋을지……."

찌리릿!!

음음, 투기를 한껏 뿜어내고 있네, 저 두 사람…….

이 대목에서…….

"어쩐지 분위기가 사나워서 무섭네요……. 아무래도 교섭을 할 만한 분위기가 아닌 듯하니 오늘은 그만 돌아가시면 안 될까요?

여러분들끼리 무슨 이야기를 하든 저와는 아무 관련이 없고, 어쩐지 무서워서……. 여러분들끼리 저희 가게와 단독으로 거래할 사람을 정하신 뒤에 와주시는 게……."

상인들은 서로의 얼굴을 쳐다본 뒤에 더 이상 다퉈봤자 좋을 것이 없다고 판단했는지 일단은 철수하기로 의견을 모은 듯했다.

"……그럼 내일 또 오도록 할 테니……."

상인들이 그렇게 말하고서 물러났다.

아니, 이제 안 와도 되는데.

뭐, 어쨌든 오늘은 이 정도로 만족하겠다는 뜻이겠지.

어차피 내일 또 올 테지만, 그때는 아마도 한 사람만 오겠지. 한 상단이 이권을 독점하는 건 나머지 세 상단이 용납하지 못할 테니 아마도 대표 상단이 물량을 받아 나머지 세 상단에게 나눠 주는 형식으로 거래를 트려고 하겠지?

그나저나 대체 어떤 상품을 원하는 거지? 이런 지방도시에서 사들여서 비싼 운송비와 호위 비용을 치르면서까지 수도로 운송하고 싶은 상품이라…….

아니, 나는 내 입으로 '사도님'이라는 소리는 한 마디도 내뱉지 않았다. 설령 내뱉었다고 하더라도 포션을 판매하겠다는 소리는 하지 않았다. 애당초 내 가게에서도 팔지 않는 물건을 왜 다른 상인에게 팔라는 거야?

어쨌든 대표로 선출된 상인에게는 내가 직접 구운 쿠키, 에밀이 손수 깎은 목조 동물 조각, 그리고 벨이 만든 대나무 세공품을 추천하자. 우리 가게에서 가장 매입할 만한 가치가 있는 상품이다. 재료비가 저렴하고, 또 취미로 만드는 물건이라서 가격이 아주 싸거든.

프란세트도 세공품 제작에 도전해보긴 했는데.

……응, 프란세트는 검술을 단련하는 데 전념하도록 해.

**

"실례하겠습니다!"

이튿날 오전 영업시간이 끝나기 전에 어제 왔던 상인들 중 하나가 찾아왔다. 서로 드잡이를 벌이지 않았던 두 상인 중에 '뽈토끼'인지 뭔지 하는 상단이 아닌 다른 상단 소속 사람이었다. 그러고 보니 어제 상호를 못 들었네.

"솔카스 상회 소속 라톤이라고 합니다."

음, 저 사람이 교섭을 맡기로 했나?

뭐, 새치기를 한 사람과 폭력을 휘두른 사람은 내가 기피할 거라고 생각했으니 선택지는 두 가지뿐이겠지만.

"그럼 2층으로 올라가시죠."

나는 곧바로 문에 폐점 팻말을 내건 뒤에 문을 잠그고서 2층으로 안내했다.

이번에도 프란세트만 동석하였다. 내가 다른 사람과 만나는 자리에 프란세트가 입회하지 않을 리가 없다. 언제 무슨 일이 벌어질지 모른다는 핑계를 대고서.

뭐, 일리가 있는 말인지라 마음대로 하라고 했다.

"……그래서 결국 저희 가게에서 어떤 상품을 매입하고 싶은 건지……."

"물론 포션이죠! 저기, 발모어 왕국에서 판매되었다는 그 전설의 포션 말입니다!"

역시나……. 하지만.

"어, 액상 약 말인가요? 지금 저희 가게에서 취급하는 액상 약은 목에 좋은 약이랑 상처약 두 종류예요. 둘 다 작은 병 하나에 은화 1닢인데……."

"어? 그게 기적 같은 효능을 지닌 여신님의 가호를 받은 마법의 약이라는 말씀……."

"아뇨, 그냥 평범한 약인데요? 다른 약방에서 파는 거랑 효능이 별반 다를 게 없고, 가격도 동일합니다. 아마도 수도 약방에서 사는 게 운송비 같은 걸 따져봤을 때 더 이득이지 않을까요?"

"…………."

이런, 어쩐지 무척이나 곤혹스러워하는 표정이네.

"저, 저기, 사도님이 발모어 왕국에서 파셨다는……."

라톤 씨가 얼버무리지 말고 어서 그 포션 이야기를 하자는 듯한 표정을 지었다.

"저기, 애당초 그 '사도님'은 대체 뭐죠? 그리고 이렇게나 작은 가게에 집착하는 이유도 잘 모르겠고……."

"어? 아뇨, 아뇨, 숨기실 필요가 없습니다. 저희들은 모든 걸다 알고 있으니……. 발모어 왕국에서 사도님으로서 활동했고, 드리뷀 남작가의 장남을 구해주기도 했으며 레이펠 자작가의 문제를 해결하는 데 도움을 주신 것도 전부 다 알고 있습니다. 그리고 그 흑발과 검은 눈동자야말로 사도님이라는 가장 확실한 증거……."

좋아, 왔다! 이거다!!

"어? 아, 저기 전 '사도님'이 아닌걸요? 여신님께 맹세하건데 아닙니다."

"어?"

상인 아저씨가 멍한 표정을 지었다.

그야 그렇겠지. 여신님의 사도인 줄 확신했던 사람이 여신님께 맹세코 사도가 아니라고 부정했으니 놀랄 만도 한가?

그래도 나, 이 세계에 전생했을 때부터 줄곧 부정해왔는걸. 나는 '사도님'이 아니라고.

아무리 부정해도 그 호칭으로 부르는 사람이 줄어들질 않아서 이미 포기하긴 했다. 요즘에는 애써 부정하려고 하지 않지만, 지금껏 스스로를 사도님이라고 칭한 적은 없다고. 그러니 결코 거짓말이 아니다.

그리고 여기서 끝장을…….

"게다가 제 머리는 흑발이 아니며 눈동자는 검은색이 아니에요. 눈동자가 조금 거뭇하게 보일는지도 모르겠지만, 갈색이라고요. 자, 자세히 보세요."

내가 얼굴을 가까이 가져가자 상인이 눈을 크게 뜨고서 내 눈동자를 물끄러미 들여다봤다.

"……진짜네……. 검은색은커녕 짙은 갈색도 아냐. 연갈색이라고 해야 하나……."

상인 아저씨가 경악했다.

이 대목에서 다시금 확인사살을……

"……그리고 머리 색깔 말인데요……."

나는 머리카락을 쥐고서 가발을 벗었다.

"보시다시피 멋을 부리려고 가발을 착용했을 뿐이에요. 다시 말해 인조 모발이죠. 제 원래 머리는 이렇듯 갈색이고요……."

아, 돌처럼 굳어버렸다.

"아, 아아아……."

몇 초 뒤 제정신을 차린 상인 아저씨가 겨우 그 소리를 쥐어짜냈다.

"소, 속이다니!"

아니, 그건 트집이다.

"아니, 누가 뭘 속였다는 건지 모르겠네요. 애당초 전 아무 말도 안 했는걸요……. 전 한 번도 제가 '사도님'이 맞는다고 한 적이 없어요. 아저씨들이 설명도 제대로 하지 않고 일방적으로 떠들어대기만 해서 지금도 무슨 사정인지 잘 모르겠는데……."

내가 말하자 자기들에게 과실이 있다는 걸 깨달았는지 상인 아저씨가 입을 다물었다.

그리고…….

"시, 실례했다! 성가시게 했군."

상인 아저씨는 일단 사과 비슷한 말을 툭 내뱉고서 후다닥 물러났다.

"……역시 카오루 짱입니다! 사람을 속이거나 함정에 빠뜨리는 실력은 도저히 따라갈 수가 없습니다!!"

그리고 프란세트가 뭐라고 떠들고 있다.

"그거 전혀 칭찬으로 안 들리는데!!"

어쨌든 우선 하나는 해결했다.

……다음은 왕궁 관계자를 상대해야 하나?

＊＊

"점주님, 계십니까!"

다음에 온 사람은 왕궁 관계자가 아니었다.

"마, 마리알? 어떻게 여길……."

그렇다. 카를로스의 주인이자 레이펠 자작가 당주인 마리알 폰 레이펠 여자작이었다.

나는 내 진짜 이름도, 정체도, 그리고 물론 거처도 알려주지 않았다. 그러니 마리알은 나를 '카를로스 때문에 도움을 주신 세레스티느 님과 친구 관계인 여신님'이라고 여기고 있을 것이다. 자기들 때문에 일부러 인간 세상에 강림한…….

그러니 내가 이곳에 있다는 걸 알 리가 없다.

그렇다면 우연?

다른 용건으로 이 가게에 왔다?

……그런데 귀족가 당주가 평민이 운영하는 작은 상점에 무슨 볼일이 있어서 온 걸까?

마리알이 왜 방문했는지 짐작이 되질 않아 내가 굳어 있으니…….

"거기 점원 아가씨, 점주님은 안 계십니까?"

어?

지금 나 심하게 변장하지 않았는데?

분명 그때는 머리와 눈동자 색을 바꾸기는 했다. 밤색이었던 머리를 검게 물들였을 뿐, 금발이나 은발처럼 인상이 확 달라질 만큼 색깔을 바꾸지는 않았다. 눈동자 색깔은 파란색에서 연갈색으로 꽤 많이 바뀌긴 했지만, 인상이 달라질 만한 수준은 아니다.

31

그리고 그때는 피부 색깔도 조금 하얗긴 했지만, 햇볕에 조금 그을렸다고 사람을 못 알아볼 수가 있을까? 몇 가지 바뀐 게 고작인데 전혀 못 알아볼 리가…….

사실 프란세트와 재회했을 때도 나는 첫 만남 때와 달리 머리가 은발이 아니었고 눈동자 색깔도 달랐다. 또한 여신님이 설마 도심을 당당하게 활보할 리가 없다는 편견도 품고 있었겠지. 그런데도 프란세트는 내가 누구인지 단번에 알아봤잖아?

……으, 설마…….

나는 두 손을 가볍게 쥔 채 양쪽 검지를 척 세웠다.

그러고는 그 손가락을 양쪽 눈꼬리에 대고서 ……그대로 손가락을 내려 눈매를 처지게 했다.

"아얏, 여신님!"

역시 그랬던 거냐? 빌어먹을!!

＊＊

그 뒤에 문에 임시휴업이라고 적힌 팻말을 내걸고 문을 잠근 뒤 커튼을 치고서 2층으로 이동했다. 일단 마리알의 이야기를 듣는 것이 최우선이다.

나와 마리알 말고도 프란세트, 벨, 그리고 레이에트 짱도 동석했다. 마리알은 순진무구한 영애이니 낯선 남자와 함께 있으면 긴장할지도 모르니까.

남자들은 옆방에서 귀를 기울이고 있겠지. 벽이 마치 종잇장처럼 얇아서 방음이 잘 되지 않으니까.

마리알은 자작님이긴 하지만 나를 여신님이라고 여기고 있다. 존댓말을 쓰기 귀찮으니 그냥 편하게 말해도 되겠지?

"큰일 났습니다! 수도에서 상인이!"

응, 알고 있어.

"그리고 왕궁 관계자로 추정되는 무리도!"

응, 알고 있어.

"더욱이 눈매가 사나운 소녀를 찾고 있……다고…….."

응, 그것도 알고 있어.

마리알이 내 얼굴을 물끄러미 쳐다봤다.

"……그 소녀가 여신님이었나요…….."

응.

일단 나는 가장 궁금한 것부터 물어보기로 했다.

"내가 여기 있다는 걸 어떻게 알았지?"

어디서 정보가 샌 걸까? 그 부분을 밝혀내어 구멍을 틀어막는다. 그것이 최우선이다.

내가 마리알을 물끄러미 쳐다보고 있으니…….

"아, 우리 집 개들한테 들었습니다."

"엥?"

무심코 얼빠진 소리가 나왔다.

"아뇨, 그러니까 우리 집 개들한테……. 여신님이……."

"아, 잠깐! 일단 그 '여신님'이라고 부르지 마. 누군가가 어디서 엿듣고 있을지 모를 일이고, 또 그 호칭이 입에 붙으면 해서는 안 될 때에도 무심코 튀어나올 수가 있거든."

"아……."

으음, 이해해준 모양이다.

"날 그냥 카오루라고……."

"아, 예!"

마리알에게 '꽈오루'라고 해봤자 소용없다. 더욱이 어차피 우리 일행들이 나를 '카오루'라고 부르는 걸 들었을 테니까.

호칭 문제를 마무리 지은 뒤에 다시금 마리알에게 물어봤다. 그녀는 자작가에서 기르는 개들이 내 거처를 알 것 같아서 물어봤단다. 우선은 내가 개와 까마귀들에게 먹이를 주었던 곳으로 안내를 하더니 그다음에는 냄새로 이곳을 알아냈다고 한다. 자작가 저택에서부터 냄새로 추적할 수도 있었지만, 더 빠른 방법을 택했다나 뭐라나…….

젠장, ……개처럼 후각이 상당히 뛰어나네.

이곳에 도착한 시각이 폐점시간에 가까웠기에 나중을 기약하고 그날은 일단 귀가했다. 그리고 지금 그녀는 내 눈앞에 있다.

"아아아, 그러고 보니 개와 까마귀한테는 입단속을 하지 않았구나! 왜냐면 마리알이 동물과 대화를 나눌 수 있게 해달라고 부탁할 줄은 미처 예상하지 못했고, 애당초 개와 까마귀가 내 소재지를 누설할 거라는 생각은 하지도 않았다고!!"

그렇다. 당초에는 카를로스가 인간의 언어로 말할 수 있도록 해줄 예정이었다. 그런데 마리알이 동물과 대화를 할 수 있도록 해달라고 희망해서 예정을 갑자기 바꾸었다.

자신이 동물과 대화를 할 수 있어야만 들개와 까마귀를 확실하게 도와줄 수 있다. 협력해준 대가로 맺은 '부상을 당하거나 병에 걸렸을 때 딱 한 번 도와준다'는 약속을 어길지도 모른다는 걱정을 덜 수 있다. 마리알의 그 설명을 듣고 나는 일리가 있다며 납득하고 말았다. 그래서 계획을 갑자기 바꾸었고, 그에 따르는 위험성을 제대로 점검하지 않았다…….

뭐, 내 실수다. 이제와 후회해본들 소용없다.

그런데 확인해야만 하는 중요한 것이 하나 있다.

"마리알, 여기에 올 때 누군가가 미행을 했을 가능성은?"

내가 묻자 마리알이 진지한 얼굴로 대답해주었다.

"예, 무슨 일이든 '절대'라고 장담할 수는 없으니 가능성이 아예 없는 건 아닙니다. 하지만 여길 오는 동안에 미행을 당했을 가능성은 상당히 낮지 않을까 싶습니다……. 우선 수수한 복장을 입고서 저택 뒷문으로 몰래 빠져나갔습니다. 그다음에 사전에 빌려둔 어느 상점의 방에 미리 대기시켜놨던, 저와 몸집과 머리 색깔이 비슷한 메이드와 옷을 바꿔 입었죠. 전 메이드가 가게를 나선 뒤 잠시 기다렸다가 뒷문으로 나갔습니다. 그리고 그와 비슷한 위장 공작을 2번 더 했습니다. 그 뒤에는 사람들로 북적거리는 큰길을 일부러 가기도 하고, 통행 흐름을 역행하기도 하는 등 경로를 알 수 없도록 최대한 감췄습니다. 제법 미행에 익숙한 자가 뒤를 따라붙었다고 할지라도 완벽하게 따돌리지 않았을까 싶습니다."

……대체 정체가 뭐야? 마리알!

마리알은 일류 첩보원도 혀를 내두를 만한 솜씨로 혹시나 따라붙었을지도 모르는 미행을 따돌렸다.

"뭐, 그렇게까지 했다면 이번에는 안심해도 되겠네. 하지만 다음에 같은 방식을 또 쓴다면 위험할지도 모르겠어. 다음에 내게 뭔가 연락해야 할 것이 있다면 되도록 중요한 일을 맡을 것 같지 않은 어린 말단 메이드를 물건을 사오라는 핑계를 대며 보내도록 해."

"아, 예."

여신님과의 연줄을 만들고자 사도님과 접촉할지도 모르는 마리알 자작가를 감시하고 있는 세력이 있을 가능성을 부정할 수 없다. 그리고 나와 접촉하고자 매번 똑같은 방식을 쓴다면 마리알이 미행을 따돌리려고 했다는 걸 깨닫고 말겠지.

자신들을 뿌리쳤다는 걸 알아차린 시점에 이미 끝이다.

그건 다시 말해 '감시하는 자가 있다는 걸 알면서도 애써 뿌리쳐야만 했다'는 뜻이다. 들켜서는 안 되는 짓을 했다는 걸 자백한 거나 마찬가지다.

프로가 그 사실을 깨닫는 순간 위험해진다.

프로가 사람과 시간과 돈을 아끼지 않고 진심으로 추적하려고 마음먹는다면 아가씨 혼자서 아무리 노력해본들 소용없다.

그러니 가장 중요한 건 '애당초 의심을 살만한 짓을 하지 않는 것'이다.

그러니 심복이 아니라 말단 시녀를 이용해야 한다. 편지만 전달하면 된다면 결코 배신하지 않을 확실한 수하를 보내기만 해도 충분하다.

그리고 이 세계에는 여신을 배신할 자가 없겠지. ……적어도 과거에 세레스가 벌여온 행각들을 알고 있다면.

음, 뭐, 그런 거다.

그 뒤에 마리알이 해준 이야기는 약사 제자인 타오나가 해줬던 이야기와 거의 똑같았다. 레이펠 자작가 사람들은 정보를 일절 누설하지 않았으니 특별히 새로운 정보는 없었다.

이제 남은 건 왕궁에서 보낸 사람인가…….

"왕궁에서 보낸 자를 처리하도록 할까요?"

푸핫!

대, 대체, 어떻게 그런 결론을…….

"여신님의 주변을 캐고 다니며 여신님을 모독하는 신적(神敵). 명령만 내려주신다면 오늘 밤에라도 당장…….."

아니.

아니, 아니.

아니, 아니, 아니, 아니!

마리알 씨, 대체 왜 그러는 건가요!

"걱정하실 필요는 없습니다. 왕국에서 파견한 사자(使者)처럼 들리도록 말을 하긴 했지만, 추궁당하지 않도록 교묘한 표현을 쓰더군요. 왕궁 관계자의 지시를 받아 움직이고 있기는 하지만, 나라에서 정식으로 명령을 받은 게 아니라 개인적으로 움직이고 있는 자의 수하겠죠. 그러니 설령 행방불명이 된다고 해도 조사를 벌이는 과정에서 그자가 나라의 명령을 받은 척 위장했다는 사실이 드러나게 될 겁니다. 그런 상황을 달가워하지 않는 배후가 사건을 묻어두려고 할 테죠……."

흐음, 타오나와 비슷한 분석을 내놓았네. 역시 뛰어난 자는 생각도 비슷하구나. 같은 정보를 분석했으니 같은 답이 나오는 게 당연한가…….

그런데 그 대처법이 무서워!

"처리라니? 그 '암부(暗部)'인지 뭔지 하는 자들한테 의뢰라도 하려고?"

암부. 마리알의 가족들의 목숨을 빼앗은 비합법적인 어둠의 조직…….

"아뇨, 암부는 거의 괴멸시켰습니다. 현재 얼마 남지 않은 잔당들을 소탕하고 있는 단계죠. 피라미밖에 남지 않았으니 이미 그들은 아무 힘도 없습니다."

어?

"어, 어어어, 어떻게……."

마리알이 부모님과 오빠의 목숨을 빼앗은 실행범인 암부를 증오하는 마음은 잘 안다.

그러나 주군 가문인 마스리우스 백작가조차도 어쩌지 못했던, 반쯤 지하에 숨어든 범죄조직을 대체 어떻게…….

후후후, 하고 미소 짓고 있는 마리알이 조금 무섭네.

동석한 프란세트조차도 살짝 혀를 내두르는 눈치잖아…….

혹시 그건가? 에밀과 벨, 그리고 프란세트와 같은 패턴?

"저희 군대를 이용했습니다."

"어?"

그럴 리가 없다.

이곳은 레이펠 자작령이 아니다. 자작령과 인접한 마스리우스 백작의 영지다.

레이펠 자작령은 영지가 작아서 큰 도시가 없다. 물론 영도(라고 하기에는 부끄러운 시골 읍촌)에 본 저택이 있기는 하지만, 한 해 중 상당 기간을 마스리우스 백작령에 있는 별택에서 지낸다고 들었다. 그리고 지금도 마스리우스 백작령 영도에 있는 별택에서 지내는 기간이다.

별택에서 지내는 편이 생활하기 편하고, 정치적인 활동을 하기에도 편하다고 한다. 자작령은 작아서 신뢰할 만한 가신에게 맡겨두면 걱정이 없단다.

영지가 인접했을 뿐만 아니라 영도도 비교적 가까워서 백작령에 머무는 동안에도 종종 내정을 살피러 가기도 한다. 그리고 중요한 안건이 있을 때는 가신이 사람을 보내거나, 혹은 가신이 직접 찾아오니 별문제가 없다나 뭐라나.

……그래서 무슨 이야기를 하고 싶으냐면.

다른 귀족의 영지, 더욱이 주군 가문의 영지 내에서 자작령의 군사를 마음대로 부릴 수 있을 리가 없다.

설령 사전에 모반할 의도가 없다는 걸 알려뒀다고 해도 그런 군사행동을 용납할 리가 없다. 그건 '너에게는 대처할 능력이 없어서 대신 내가 정리해주러 가겠다'며 군대로 다른 귀족의 영지를 침공하는 거나 마찬가지니까.

주군 가문이 부하 가문을 위해서 군대를 파견했다면 모를까, 부하 가문이 주군 가문의 영지에 군대를 투입하여 치안활동을 한다? 용납할 주군이 과연 있을까?

더욱이 백작이 두 손을 놓은 그 암부를 일개 자작이 보유한 병력 중 일부를 투입하여 이토록 빨리 소탕해낼 수가 있을까? 거의 불가능하다.

이상하다. 절대로 이상하다.

……하지만 뭔가 무서우니 더는 따져 묻지 말자.

마리알에게서 여러 이야기를 들은 뒤 해산했다.

왕궁 관계자나 그 밖의 간첩들에게 나와 접촉했다는 사실이 들키지 않도록 마리알 본인은 이제 이곳에 오지 말라고 했더니 그녀가 세상이 끝난 것 같은 표정을 지었다. 하지만 별수 없지.

그녀가 '녀석들을 섬멸해버리면……' 하고 위험한 발언을 한 것 같은 기분이 들지만, 그런 사소한 건 신경 쓰지 말자. 정신건강상 좋지 않으니까. 어차피 생각해봤자 소용없고.

"그나저나 어떻게 할 겁니까? 카오루 짱……."

마리알이 돌아간 뒤에 프란세트가 물었다. 그런데 그건 뻔하다.

"딱히 뭘 어쩌라고?"

"어……."

그렇다. 이쪽에서 굳이 먼저 움직일 필요는 없다.

"난 일개 미소녀 상점주이니까 아무것도 신경 쓸 필요가 없잖아?"

"""""…………."""""

프란세트와 벨, 그리고 옆방에서 온 로랜드와 에밀!

왜 다들 그 대목에서 아무 말 없이 나를 쳐다보고 있는 거야!!

그래, 내 편은 레이에트 짱뿐이야! 젠장…….

"여하튼 난 최근에 벌어졌던 여러 사건들과 전혀 관련이 없어. 발모어 왕국의 사도님과는 머리와 눈동자 색깔이 다르고, 포션도 팔고 있질 않아. 영업시간과 취급하는

품목을 조금 변경한 일개 잡화점 점주에 불과하니까."

"그, 그건 뭐, 그렇긴 하지만……."

프란세트는 입으로는 그렇게 말했지만, 어쩐지 납득하지 못하는 눈치였다.

뭐, 왕궁에서 보낸 사자가 그렇게 순순히 속아 넘어가거나, 물러설 리가 없다고 생각하고 있을 테지.

"뭐, 이곳은 왕도에서 조금 멀리 떨어져 있으니 무슨 일이 벌어지더라도 녀석들이 왕도에 있는 고용주에게 보고하고, 어떻게 대응할지 지시를 받고서 이곳으로 다시 오는 데까지 며칠씩이나 걸릴 거야. 그리고 왕도에 있는 배후는 수하가 전달해주는 정보밖에 듣질 못해. 그 정보 역시 수하들의 억측이 섞여 있어서 부정확할 테고. 게다가 만약에 무슨 일이 벌어지더라도 수하들이 왕도로 연락하러 가고, 왕도에서 대응하는 병력을 보내기 전에 바로 여길 뜨면 될 일이야. 이곳에서 해안선을 따라 나아가면 왕도에서 보낸 추격대가 도착하기 전에 동쪽 국경선을 거뜬히 넘을 수 있을걸? 우린 다들 말이나 경량고속형 특제 마차를 타고서 이동하니까."

아이템 박스 덕분에 가게를 철거하는 데 몇 분밖에 걸리지 않는다. 에드를 비롯한 말들은 포션으로 도핑할 수 있다. 그리고 특제마차를 아이템 박스에 언제든지 넣었다가 꺼낼 수 있기에 '말 다섯 마리' 혹은 '마차 한 대에 말 네 마리'로 구성을 바꿔 추격대에게 혼선을 줄 수도 있다.

으음, 완벽해!

"수도가 아니라 해안가 도시에 자리를 잡길 잘 했네. 수도였다면 반나절이면 진행되었을 이벤트를 이곳에서는 보름이나 한 달씩이나 걸리니 느긋하게 지낼 수가 있어."

결정권을 쥐고 있는 권력자과 물리적으로 떨어져 있다는 건 든든한 방벽이다. 뭐, 인구가 적인 지방도시라서 장사로 짭짤한 수익을 거둘 수는 없지만, 나에게는 그다지 중요한 문제가 아니니까. 해안가 도시에 지내면 신선한 해산물을 즐길 수도 있고.

……아무리 상태를 유지할 수 있는 아이템 박스가 있다고 해도 이미 신선도가 떨어진 해산물을 구입해봤자 소용없으니까.

이제는 왕궁(관계자 중 하나)에서 보낸 수하를 적절하게 응대하여 돌려보내기만 하면 된다.

머리와 눈동자 색깔, 좋아! 검은 가발, 좋아! 프란세트에게 '부를 때까지는 절대로 2층에서 내려오지 마. 우리가 손님을 데리고 2층으로 올라가더라도 부르기 전까지는 자기 방에서 대기하도록'라고 신신당부도 했다, 좋아!

수하를 격퇴할 만반의 준비를 끝마쳤다.

**

"점주 있는가!"

왔다, 왔어…….

평범한 손님은 가게 안에서 그런 말을 하지는 않지. 그렇다면…….

"음, 네가 점주냐?"

내 얼굴을 물끄러미 보고는 그렇게 말했다.

젠장, 눈매로 판단하다니 이 자식!

……아니, 뭐, 그건 됐다.

그나저나 내가 그 사도님이라는 걸 아는 사람치고는 태도가 거침없네.

내가 그 사도님이라는 걸 모르나? 아니면 일단 듣기는 했지만 믿기지가 않나?

뭐, 설령 이야기를 들었다고 해도 아마도 '사람들이 뭔가 착각했거나 사칭, 혹은 과도하게 부풀려진 소문'쯤으로 여기고 있겠지.

진짜 '사도님'이라면 굳이 나라를 버리고 나오면서까지 타국에서 영세 상점을 운영할 리가 없다. 또한 나라의 상층부가 그렇게 하도록 내버려 둘 리도 없겠지.

……그리고 그건 '허위 사실이 발각되어 황급히 나라에서 탈출한 가짜'나 할법한 행위다.

더욱이 저들의 역할은 우선 '사실 관계와 진위를 확인하는 것'이겠지. 다음 단계로 진행하는 건 그 나중이니까. 왕궁은 아직 마리알과 백작이 작성한 보고서 말고는 아무런 정보가 없을 것이다.

그리고 장명단(長命丹) 사건이나, 남작가 장남 사건이 일부 수완 좋은 상인이나 정보에 민감한 유력자의 귀에 들어간 게 고작이겠지. 그러니 어디까지나 주요 조사 대상은 마리알이다. 저들은 이 도시에 오고 나서야 나를 조사선상에 올렸겠지.

상인보다도 늦게 방문했다는 건 그다지 의욕이 없다는 방증……, 아니, 그건 아닌가? 명령자의 기대에 부응하지 못한다면 큰일이다. 더욱이 상인들에게 뒤쳐진다면 더더욱 큰일이겠지.

그저 상인들 쪽이 더 실력이 좋고, 정보에 더 민감했을 뿐이겠지.

어쩌면 정보를 제공하라고 저들에게 강요받은 상인들이 내가 사도님이 아닐 거라고 판단했으면서도 골탕을 먹이고자 나에 관한 정보를 넘겨주었을지도 모른다. ……내가 사도님이 아닐 거라고 판단한 근거를 쏙 빼고서.

저들이 추궁한다면 나와 마지막에 나눴던 대화가 어떤 의미인지 설명하지 않았을 뿐, 거짓말을 한 것이 아니라고 발뺌을 할 테지 아마도.

상인이란 그런 작자다. 거짓말을 하지 않는다고 해서 성실하다고 단정해서는 안 된다.

저들은 관료로 보이는 높으신 양반 하나와 그 부하 둘로 구성되어 있다.

얼핏 보니 부하들은 싸울 줄 모르는 듯했다. 수행원 겸 수도와의 연락담당을 맡고 있나? 어쨌든 내가 응대해야할 상대는 하나라는 건가?

"예, 제가 점주입니다."

물어봤으니 대답했을 뿐. 이쪽에서 먼저 쓸데없이 정보를 제공해줄 필요는 없다.

저 녀석들은 '손님'이 아니니까. 그리고 손님도 아닌 녀석에게 공짜로 정보를 제공할 의리는 없다. 더욱이 나에게 불리한 정보라면 더더욱.

상대에게서 좋은 정보를 뽑아내려면 뛰어난 언변이나 그에 상응하는 대가가 필요하다는 걸 전혀 모르는 눈치네. 호통을 치며 명령하면 뭐든지 술술 털어놓을 거라고 생각하는 건가?

"이름이 무엇이냐?"

"어머니께서 낯선 사람한테 개인정보를 알려줘서는 안 된다고 누누이 말씀하셔서……."

"어?"

내가 내뱉은 말을 듣고서 관료로 보이는 사람이 순간 어리둥절한 표정을 지었다. ……이제부터는 그냥 '관료'라고 부를까?

그리고 이제야 내가 한 말이 머릿속에 스며들었는지 얼굴을 시뻘겋게 물들이고는 버럭 호통을 쳤다.

"이, 이놈이! 내가 누구인 줄 알고……."

"아뇨, 모르는데요? 느닷없이 가게에 쳐들어와서는 자기 이름도 밝히지 않고 제 개인정보를 묻다가 끝내는 호통을 치며 협박하는 사람이라는 걸 빼고는……."

나는 그렇게 말하면서 카운터 위에 있는 핸드벨을 울렸다.

두두두두두!

"강도냐? 강도구나? 강도다아아아!!"

"자, 잠깐……."

계단을 뛰어내려오면서 에밀이 큰소리로 외쳤다. 그리고 벨이 그 뒤를 따랐다.

에밀이 외친 말을 듣고서 관료와 그 부하들이 초조해하는 얼굴로 당황하기 시작했다.

에밀이 목청껏 외친 그 소리는 물론 가게 밖으로 울려퍼졌다. 가게 앞으로 사람들이 모여들기 시작했다.

응, 상대가 강도처럼 군다면 우리도 그에 상응하는 응대를 해줄 수밖에 없다. 당연지사지.

사전에 에밀에게는 핸드벨을 울리는 패턴에 따라 다르게 행동하도록 지시해뒀다. ……그리고 방금 전은 '다짜고짜 강도로 취급하며 소란을 피운다'는 패턴이었다.

이웃들은 나를 여동생인 레이에트 짱을 돌보면서 가게 일을 돕는 기특한 아이라고 여기고 있다.

참고로 에밀과 벨은 살림에 보탬이 되고자 헌터 일을 하면서 가게 일을 거드는 오빠와 그 연인이라고 여기는 듯하다.

그리고 프란세트와 로랜드는 일하지도 않고 빈둥거리기만 하는, 애들이 버는 돈으로 먹고 사는 기생충이라고 여기는 모양이다. 두 사람이 일하는 모습을 아무도 본 적이 없고, 가게를 보거나 물건을 사러 나가지도 않으니 한심한 백수로 볼 수밖에.

값비싸 보이는 무구를 착용하고 있으면서도 헌터 일은 하지도 않고, 장을 보러 나선 애들을 따라가면서도 짐은 들어주지 않는다. 그저 산책을 할 겸 함께 걸을 뿐이다.

번지르르한 겉모습 때문에 오히려 한심한 꼬락서니가 더 돋보인다……는 것이 이웃들의 신랄한 평가였다.

정작 본인들은 이웃들이 자신을 그렇게 보고 있다는 걸 전혀 눈치 채지 못했지만.

그도 그럴 것이 상황을 잘 아는 이웃을 제외한 사람들, 다시 말해 다른 가게 점원이나 거리에서 가끔 마주치기만 하는 사람들에게는 겉모습 때문인지 제법 인기가 있는 듯하니까…….

장을 볼 때 두 사람이 짐을 들어주지 않는 이유는 기습을 당했을 때 바로 검을 뽑을 수 있도록 두 손을 비워둬야만 하기 때문이다. 그러니 뭐 어쩔 수 없지만…….

그밖에도 다 함께 외식을 하러 나가면 프란세트는 평범한 성인 여성보다 요리를 몇 배나 더 먹어치우고, 로랜드는 전 왕자님이자 현 왕형 전하라서 가장 비싼 요리를 거리낌 없이 주문한다. ……그리고 음식 값을 지불하는 사람은 바로 나.

아니, 각자 계산하면 우리도 불편하고, 식당 직원들도 불편하다. 이번 여행을 떠나기 전까지 스스로 돈을 지불해본 경험이 없었을 로랜드에게 돈을 맡기는 건 불안하니까.

여행하는 동안에 모든 생활비를 나 혼자서 감당케 하는 것만은 용납할 수가 없었는지 두 사람은 매주 생활비 명목으로 나에게 일정 액수의 금화를 주고 있긴 하다.

그러나 그런 사정을 모르는 이웃들은 애들만 생활비를 벌고자 일하고 있고, 나와 레이에트 짱은 한 푼이라도 아끼려고 소식하고 있다고 여길 뿐이다. 그리고 에밀과 벨, 나와 레이에트 짱은 빈티가 흘러서 식당을 가든, 장을 보든 늘 싼 것만 고른다. 가격 따윈 아랑곳하지 않는 로랜드와 프란세트와는 달리…… 그러니 이웃들이 두 사람을 한심하게 여길 만도 하지.

프란세트는 평민 출신이긴 하지만 로랜드와 함께 행동할 때는 '로랜드 님이 무안하시지 않도록' 행동해야 한다고 생각하고 있다. 또한 현재 귀족 신분이기에 나라의 명예를 실추시켜서는 안 된다고도 생각하고 있다. 그래서 늘 로랜드와 똑같은 것을 주문한다. 그 덕분에 사람들이 씀씀이가 헤픈 여자라고 오해하고 있다.

또한 나와 레이에트 짱이 주로 외출하는 곳은 상품 매입처나 시장, 상점, 상업 길드 등 생활이나 장사에 관련된 곳들 뿐이다. 그리고 에밀과 벨이 주로 외출하는 곳은 헌터 길드다. 그에 비해 로랜드와 프란세트는 주로 고급 레스토랑이나 고급 주점에 간다.

그야 뭐, 왕형 전하가 약혼자이자 귀족 아가씨를 데리고서 대중식당이나 싸구려 술집을 갈 리가 없겠지. 애당초 두 사람이 그런 곳에 간다면 틀림없이 성가신 일에 휘말릴 것이다.

……별수 없다.

내가 어떻게, 해줄 수가 없다…….

뭐, 두 사람이 아무것도 모른 채 행복하다면 그걸로 족하지만.

사소한 일은 신경 쓰지 말자!

……그래서 뭐, 그런 이유로 나와 레이에트 짱, 그리고 에밀과 벨이 위기에 처하면 이웃들이 쏜살같이 달려와 준다. ……지금처럼.

"인마, 무슨 짓거리들이야! 이봐, 아무나 위병(衛兵)들 좀 불러와!"

수많은 사람들이 가게 앞을 에워싸고 있고, 개중에 몇 명은 가게 안으로 들어와 관료 일행에게 소리를 질렀다.

관료 일행이 우리를 직접 핍박한 것도 아니고, 그리고 겉모습이 그럴싸하게 보여서 이웃들은 다짜고짜 그들을 때리거나 붙잡지는 않았다. 그러나 다들 살기등등한 모습이었다.

……뭐, 나는 이 나라 사람들의 눈에 12살짜리로밖에 보이지 않고, 내 무릎 위에 앉아 있는 레이에트 짱은 '12살로 보이는 가짜 소녀'인 나와 달리 진정한 6살짜리 어린 소녀이니까.

이웃들이 제법 지위가 높아 보이는 관료 일행들을 심하게 몰아세웠다. 아마도 우리를 한 식구로 여기고 있다는 증거겠지. 고마운 일이야…….

"잠깐! 우린 수상한 자가 아냐! 임무를 받고 수도에서 온 사자다!"

그들은 변명만 남긴 채 이곳에서 줄행랑을 칠 수도 있었다. 그러나 도주한다면 이제 두 번 다시 이곳에는 올 수가 없게 된다. 그렇게 도망쳐놓고서 다음에 또 이곳에 모습을 드러낸다면 이웃들이 소란을 떨 것이고, 만나자마자 내가 비명이라도 지른다면 끝장이다.

그러니 나와 대화를 하기 위해서라도 지금 오해를 풀 수밖에 없다.

그래서 관료는 필사적으로 해명하려고 했지만 그들의 뜻대로 흘러가도록 놔둘 수야 없지.

"예? 사자가 가게에 쳐들어와서는 이름도, 용무도 밝히지 않고 느닷없이 일방적으로, 억지로 이런저런 걸 (물어보려고) 하시려는 건가요?"

""""""어⋯⋯⋯⋯."""""""

"애당초 누가 보낸 사자인가요? 어느 분한테 어떤 명령을 받았길래 이름도, 신분도 밝히지 않고 애들한테 여러 가지를 강요하려고 하는 거죠? 그렇게 하라고 명령한 사람의 이름을 알려주지 않는 한 대답을 해주려야 해줄 수가 없겠네요!"

"우⋯⋯."

""""""⋯⋯⋯⋯."""""""

수많은 사람들이 보는 앞에서 명령자의 이름을 밝힐 수는 없겠지. 그 명령자는 다른 왕궁 관계자나 유력자들 몰래 일을 벌였을 것이다. 그리고 몰상식한 짓을 벌여 규탄 받고 있는 이 상황에서 이름을 밝힐 수는⋯⋯.

더욱이 본인은 눈치 채지 못한 것 같은데, 나는 의도적으로 사람들이 '저 녀석이 방문한 목적을 오해하도록' 부추기고 있다. 결코 거짓말을 하지는 않았지만.

당연하겠지만 저 남자는 본인이 무슨 목적으로 이곳에 왔는지

51

잘 알기에 그저 내가 무례한 행동을 규탄하고 있는 거라고만 인식했다. 그러나 사정을 잘 모르는 평범한 사람들은 내 말을 어떻게 받아들였냐면…….

"저런 어린애를 건들려고 했다고? 야, 이 빌어먹을 자식들아……. 저 녀석들한테 납치를 하라고 지시한 그 의뢰주도 범죄자잖아! 야, 네놈들한테 명령한 그 자식이 누구야! 당장 불지 않으면……."

관료 일행은 어디까지나 '사자와 그 수행원'일 뿐이다. 두 부하들은 호위로 따라온 것이 아닌 듯하다. ……다시 말해서 전투능력이 전무하다는 소리다.

그에 비해 이웃들은 머릿수가 더 많다. 개중에는 제법 완력이 있을 것 같은 사람도 섞여 있다. 그리고 에밀은 검을 착용하고 있고, 벨은 단검을 소지하고 있다.

좋았어. 저 녀석들, 난처한 나머지 아주 미치려고 하네…….

"아까부터 '수도에서 왔다'느니, '사자'라느니 그런 소리만 하는데, 수도에 있는 범죄조직의 보스가 내린 아이를 납치해오라는 명령을 받고 온 사자일 가능성도 있겠네요. 의뢰주의 이름도, 용건도 밝히지 않고 그저 수도에서 온 사자라고만 한들 설명이 전혀 안 되잖아요. 우리가 안심할 만한 건덕지가 없는데요. 게다가 그 말이 진실인지 아닌지도 모르는데……."

"뭐라……."

순간 말문이 막힌 관료는 또다시 나에게 호통을 치려고 했다.

그러나 에밀이 허리에 찬 검자루를 쥐고, 이웃들이 무서운 눈으로 노려보자 이내 입을 다물었다.

"어쨌든 전 이 나라 수도에는 한 번도 가본 적이 없고, 수도에 사는 가족이나 친척이나 지인도 없어요. 대체 누가 제게 용건이 있는 건지 짐작이 안 되네요. 절 속여서 유괴한 뒤에 비합법적으로 노예로 삼으려고 하거나, 어리다고 얕잡아보고서 협박하여 이 가게를 억지로 뺏으려는 의도가 아닌가, 하는 생각이 자꾸만 드네요. 저, 설마 악당한테 찍혀버린 건가요⋯⋯."

"무, 무슨 말도 안 되는⋯⋯."

내가 과장되게 말하자 관료의 눈이 휘둥그레졌다.

그러나 내가 한 말은 비논리적이지 않다. 그래서 이웃들의 눈빛이 꽤 험악해졌다⋯⋯.

그렇게 대치하고 있으니⋯⋯.

"이봐, 경리(警吏)를 데리고 왔어!"

이웃 아저씨가 20대 중반쯤으로 보이는 경리를 데리고 왔다.

경리라고는 했지만 이곳은 수도가 아니라서 다부지게 생긴 정예병사는 아니다. 지방 출신으로 일반 사람보다 조금 더 훈련을 받은 평범한 하급병사다. ⋯⋯그리고 이웃들과도 잘 알고 지내는 '이 동네 주민 중 하나'다.

⋯⋯다시 말해 타지 사람보다는 동네 주민을 더 우선하여 보호하려는 경향이 있다. 더욱이 미성년자(로 보이는) 소녀들과 그 소녀들에게 호통을 치며 발칙한 짓을 벌이려는 세 사람이 눈앞에

있다면 누구의 편을 들어줄지는…….

"무리를 지어 느닷없이 가게에 쳐들어가서는 아이들을 협박하고 있다는 쓰레기가 너희들이냐!"

오오, 경리 오빠, 초반부터 세게 나가네!

아, 경리 오빠가 군중 속에 섞여 있는 열일여덟쯤으로 보이는 여성 쪽을 힐끔 쳐다봤다!

아하, 젊은 여성들에게 멋진 모습을 보여주고 싶었던 건가?

뭐, 우쭐거리며 더욱 대담하게 나서준다면 나로서는 더할 나위가 없겠다.

"무, 무슨 소리야. 난 수도에서 온……."

"아, 처음부터 자꾸 그 소리만 하네. 자기 이름도, 의뢰주의 이름도, 용건도 밝히지 않을 뿐만 아니라 제 이름도 모르는 것 같아요. 이제는 악당으로밖에……."

그래, 정말로 이름조차 못 들었다.

처음부터 이름과 의뢰주의 이름, 그리고 용건을 밝혔다면 좋았

을 것을. 소녀라고 얕잡아보고서 느닷없이 따져묻듯이 호통부터 치니까 저런 꼴을 당하는 거다.

새삼스레 경리나 수많은 사람들 앞에서 의뢰주의 이름을 밝히지는 못하겠지.

만약에 이름을 밝힌다면 금세 소문이 퍼져나갈 것이다. 그러니 그 의뢰주가 유력자라면 더더욱 이름을 밝히기가 곤란해진다.

뭐, 경리 오빠가 끌고 가면 다른 사람이 없는 곳에서 의뢰주의 이름을 밝혀 자신의 결백을 증명하려고 하겠지. ……증명할 수 있다면 말이지만.

"이, 이 녀석……."

관료가 죽일 듯한 눈으로 나를 째려본 뒤 경리에게 말했다.

"난 왕궁에서 온 자다. 거역한다면 어떻게 될지 알고나 있나!"

그러나 경리의 얼굴은 태연하다.

"……그걸 증명할 방법은?"

"그건 이 두 사람이 증언해줄 거다!"

관료가 두 수행원을 가리키며 말했다.

그러니 그 말을 듣고도 경리는 어깨만 들먹였다.

"……저 두 사람이 왕궁 관계자라고 증명할 방법은?"

"어……."

지당한 말이다. 그런 대답이 돌아올 수밖에…….

"에잇, 후환이 두렵지도 않느냐!"

"아니, 아무 증거도 없이 지체가 높은 양반이라는 말만 믿고서 현행범을 풀어준다면 내 목이 달아날 텐데? 그리고 네가 정말로 지체 높은 사람이라고 할지라도 현행범을 붙잡았다면 칭찬을 들으면 들었지, 혼나지는 않을걸. 이 동네는 신분이 높다고 범죄행위를 눈감아주는 그런 부패한 곳이 아니니까."

"어⋯⋯."

오오, 이 동네 제법 잘 돌아가고 있구나!

뭐, '범죄행위'라고는 해도 권위로 점원을 협박하여 무언가를 강요하려다가 미수에 그친 수준이긴 하지만. 내가 성인 남성이었다면 그저 손님과 점원이 실랑이를 벌였다며 넘어갔을지도 모른다. 그러나 나는 여성⋯⋯이라고 해야 하나? 미성년자로 보인다. 아까 그 대화만 들었다면 꽤 더러운 범죄를 저지르려다가 미수에 그쳤다고 받아들일 만도 하지⋯⋯.

뭐, 실제로 나에게 억지로 여러 가지를 캐물은 뒤에 수도로 데려가려는 작정이었을 테니 꼭 틀린 말도 아니지만.

여하튼 일단은 경리 오빠와 함께 조사 좀 받고 오세요~!

미수에 그쳤고, 또 나름 신분이 높은 사람인 듯하니 아마도 위병소에서 경리 오빠와 그 상관에게 지겹도록 심문을 받은 뒤에 풀려나겠지만.

역시나 우리를 직접 폭행한 것은 아니니 감옥 신세는 지지 않겠지.

하지만 경리 오빠가 이제 소녀들 곁에는 얼씬도 하지 말라고 경고 정도는 해줄 것 같네.

아, 맞다!

"저 사람 좀 제 곁에 오라고 하면 안 될까요?"

"응? 아, 뭐 상관없지만⋯⋯."

"제 눈을 잠깐 봐주실래요?"

"어? 아, 아아, 알겠다…….."

관료가 내 곁에 다가오더니 눈을 들여다봤다.

"여, 연갈색……."

관료가 경악했다. 역시나 내가 흑발과 검은 눈동자를 지녔다고 알고 있었나?

그렇다면 내가 사도님이라는 걸 알고 있었다는 결론이 나온다.

"그리고……."

나는 가발을 홱 벗었다.

"아닛, 갈색 머리!"

좋아. 이것으로 내가 그 '발모어 왕국의 자칭 사도님'이 아니라는 걸 깨달았겠지. ……아니, 나는 단 한 번도 자칭해본 적이 없지만.

입이 가벼운 그 약사 노인에게서 들었나? 아니면 레이펠 자작가를 조사하다가 그 마구간에서 알아낸 건가? 아니면 마찬가지로 수도에서 온 그 상인들에게서 들었나?

어느 쪽인지는 모르겠으나 발모어 왕국의 사도님과도, 레이펠 자작가나 드리벨 남작가에서 벌어진 기적과도 무관한 일개 영세 상점의 가게 지킴이에 불과하다고 여겨주겠지.

그리고 결정타로…….

"혹시 그 상인들과 마찬가지로 누군가한테 속은 건가요? 상인들이 '흑발, 검은 눈동자'라는 정보만으로 제가 찾던 사람이라고 오해를 하기에 눈동자와 머리 색깔을 보여줬더니 바로 물러나던

데. 당신들도 똑같은 반응을 보이길래 그런가 싶어서……."

"뭐라……."

좋았어, 미션 컴플리트!

이것으로 우리 상점은 그 빌어먹을 영감탱이에게 약초를 판 가게일 뿐 다른 사건과는 무관하다는 것이 확정되었다. 레이펠 자작가와는 아무 관계도 없고, 드리펠 남작가 따윈 모른다.

마구간?

교외에 목장을 가지고 있고, 그곳에서 말을 보살펴주는 마구간은 그리 많지 않다. 우리 말을 맡긴 곳이 공교롭게도 레이펠 자작가가 자주 이용하는 마구간이었을 뿐이다. 그저 우연이다.

……아니, 정말로 사실이 그러니까.

우리가 이 동네에 왔던 시기, 다시 말해 에드를 맡겼던 시기를 조사해본다면 관련성이 없다는 걸 금세 알 수 있겠지. 애당초 우리 말을 레이펠 자작가가 자주 이용하는 목장에 맡겨서 공연히 의심을 살 이유가 없다.

이제 저 관료는 더는 우리 앞에 얼굴을 내밀지 않겠지. 만약에 또 온다면 그때야말로 감옥행이다.

그리고 이 추태 때문에, 더욱이 자신의 오만한 태도 때문에 의뢰주의 이름과 용건조차 전하지 못한 채 더는 얼씬도 못하게 되었다는 사실을 그대로 의뢰주에게 전할 리가 없다. 아마도 나에 관한 내용은 보고 내용에서 통째로 누락시키겠지.

발모어 왕국에서 사도님이 활약했다는 이야기는 진즉부터 알고 있었겠지만, 이곳에 내가 있다는 건 아마도 이 동네에 와서 본격적으로 조사를 벌이다가, 혹은 상인들을 추궁하다가 알게 되었을 것이다. 어쨌든 보고 내용에서 빼더라도 별문제는 없다고 여기겠지.

더욱이 현재 관료도 나를 '건방지고 짜증나는 소녀'로만 인식하고 있을 테고.

……경리 오빠가 관료 일행을 연행했다.

좋아. 이것으로 모두 정리했다.

내일부터 또다시 한가롭고 평화로운 생활이 시작된다. 좋아, 좋아…….

**

수도에서 온 녀석들을 무사히 쫓아낸 이튿날. 나는 오전영업을 끝마친 뒤에 물건을 사러 시장으로 나갔다. 그리고 나온 김에 조금 우회하여 마리알의 저택, 다시 말해 레이펠 자작가 마스리우스 백작령 별택이 있는 도로를 지났다.

특별한 의미가 있었던 것이 아니라 그저 변덕이었다. 우연히 밖으로 나온 마리알과 얼굴을 마주칠 확률은 없는 것이나 마찬가지다. 여자작이 손수 정원수에 물을 주거나, 문 밖을 청소할 리가 없으니까.

……어라? 저건…….

모퉁이를 돌아 저택이 시야에 들어오자 문 밖에 누군가가…….

개?

문 양쪽에 두 마리의 개가 마치 고마이누(신사나 절 앞에 돌로 사자 비슷하게 조각하여 마주 놓은 한 쌍의 상)처럼 떡하니 앉아 있었다.

그리고 좌우 문설주에는 두 마리의 매와 두 마리의 비둘기가 앉아 있었다.

……응, 까마귀가 앉아 있으면 볼품이 없고, 인상이 나빠지니까……. 아니, 그런 문제가 아니잖아!!

"어라? 이 길이 처음이냐? 저긴 여신님의 총애를 받은 귀족, 레이펠 여자작님의 저택이야. 그래서 여신님의 심부름꾼인 개와 새들이 지키고 있는 거지."

내가 멍하니 문을 보고 있으니 지나가던 할아버지가 알려주었다.

"에에엥……."

다치거나 병에 걸렸을 때 딱 한 번만 도와주겠다는 약속이지 않았나…….

그리고 어째서 까마귀가 아니라 지난번 사건과는 아무 관계도 없는 새가…….

아저씨의 말 앞부분은 납득이 된다. 수많은 주민들이 보는 앞에서 그토록 성대하게 일을 저질렀으니 당연하지.

그런데 뒷부분! 어쩌다 이런 일이…….

"그래서 모두들 여자작님을 이렇게 부르고 있지. '암캐 자작'이라고……."

"에에에에에에엥!!"

그거 무지 치욕스러운 호칭 아닌가…….

순간 그렇게 생각했지만.

곰곰이 생각해보니 이 세계에서는 인간의 성별과 동물의 성별을 가리키는 단어가 똑같다…….

그래, 영어로 말하자면 'female'과 똑같다.

그러니 '여신의 심부름꾼인 개가 보호해주는 자작', 줄여서 '견(犬)자작.' 그리고 여성이니까 그 앞에 '여(女)' 자가 붙어 '여견 자작.'

그런데 내 머릿속 번역기능이 '견' 자 앞에 '여' 자가 붙어 있어서 멋대로 '암캐'라고 인식해버린 것이다.

……어째서 '견녀 자작'이 아닌 거냐!!

뭐, 이거나 저거나 별반 다르지 않나…….

"할아버지. 그 호칭을 쓰지 말라는 지시가 내려졌다고요."

우리가 나눈 대화를 들었는지 지나가던 청년이 그렇게 말하며 끼어들었다.

으음, 그렇겠지. 암 그렇고말고. 역시나 '암캐 자작'은 좀 아니지…….

"요즘에는 다들 '조귀족(鳥貴族)'이라고 부른다고요."

……조끼(커다란 맥주잔을 의미하는 jug의 일본식 표현), 족? 어쩐지 닭
꼬치와 맥주가 당기네…….

할아버지와 청년이 떠나간 뒤에 나는 문으로 다가가…….

'저기, 왜 거기에 있니?'

살며시 작은 목소리로 물었다. ……개에게.

'오오, 여신님! 지난번에 좋은 일자리를 소개해줘서 감사했습
니다! 현재 그 일과는 별개로 마리알 님께서 고용해주셨습니다.
수많은 동료들이 이 저택에서 신세를 지면서 교대로 문을 지키기
도 하고, 경내에서 빈둥거리며 침입자를 경계하고 있지요. 또한
최근에는 뜸하지만, 모두를 총동원하여 가끔씩 험한 일을 하기
도…….'

'암부를 습격한 거냐아아아아아아!!'

……수수께끼가 풀렸다. 풀려버렸다…….

'까마귀들은?'

'예, 까마귀는 그 겉모습 때문에 은밀한 일을 맡고 있습니다. 이
목이 띄는 곳에서는 새롭게 고용한 볼품이 좋은 자들이 일하고
있습죠.'

'……그, 그래. 일자리가 괜찮아서 참 다행이네. 그럼 이만…….'

'예, 용건이 있으시다면 언제든지 불러주십시오. 저희들은 언
제라도 기꺼이 달려가겠습니다!'

……마리알, 생각한 것보다 더 고단수였다.

그리고 제법 음흉하다…….

뭐, 마리알의 입장에서 암부는 돈 때문에 부모님과 오빠를 죽인 실행범이므로 숙부인 아라곤과 마찬가지로 가족의 원수다. 그리고 큰 은혜를 입은 마스리우스 백작이 난감해하는 범죄조직이기도 하다. 힘을 얻은 마리알이 인내하거나 앞뒤 사정을 따져야할 이유는 없겠지.

설령 그 힘이 신의 힘이든, 악마의 힘이든…….

**

"……그래서 아무런 성과도 못 거뒀다는 거냐?"

"예…….."

국왕이 노골적으로 언짢아하며 말했다.

그 여자작에게 갔다가 이제야 돌아온 사자가 아무 성과도 없었다고 보고했다. 그러니 국왕이 언짢아할 만도 하다.

"자작가에 가서 그 아가씨한테 폐하의 존함을 밝히며 살짝 엄포를 놓으면 비밀을 술술 불거나, 유리한 협정을 맺을 수 있을 줄 알았습니다만, 주군인 마스리우스 백작이 동석하는 바람에…….."

"그래서 여신과 그 사도에 관한 건 한 마디도 캐내지 못했을 뿐만 아니라 내게 존경을 표하고자 수도를 방문하는 것도, 내 아래에 들어오는 것도 모조리 거절했다는 건가?"

"옙. 제가 그 이야기를 꺼낼 때마다 백작이 '가족을 잃었을 뿐만 아니라 숙부가 저지른 사건 때문에 마음이 심란한 미성년 소녀에게 지금 수도에 오라고 요구하는 건 잔혹한 처사 아닌가?', '현재는 새로운 영주로서 가장 중요한 시기. 한동안은 영지를 보살피는 데 전념할 필요가 있지' 하고 말하는 바람에 더는 강권할 수가……. 또한 폐하의 아래에 들어오라고 했을 때도 '그건 주군인 내 역할이다. 먼 수도에 계시는 폐하께서는 자작을 충분히 보살펴주지도 못할 뿐더러 위험할 때 보호해주지도 못할 테지'라고……. 이미 귀족 파벌에 소속되어 있는 귀족가 당주를 본인이나 주군의 의향을 무시한 채 억지로 폐하의 파벌에 끌어들였다가는 큰 사단이 벌어질 것 같아서……."

"그리고 여신님과 관해 물으니 '여신님께서 절대로 누설하지 말라고 하셨다'면서 입을 꾹 다물었다……. 허나 사용인들을 협박하거나, 돈을 쥐어주면서 캐물었을 거 아닌가? 그자들은 뭐라고 하던가?"

"그, 그것이, 아무도 입을 열지 않아서……. 본인과 가족들의 목숨이 위험할지도 모른다고 에둘러서 협박도 해봤습니다만……."

"그랬더니?"

"……다들 기분 나쁘게 웃으면서 마음대로 하라더군요. 그 얼굴이 마치 '만약에 우리를 건드렸다가는 여신님의 분노를 사서 틀림없이 죽을 거다. 해볼 테면 한 번 해봐라' 하고 말하는 듯하여……."

"…………."

생각해보니 여신의 총애를 받은 자를 배신할 자가 있을 리가 없다. 더욱이 총애를 내려준 여신이 바로 그 '세레스티느'다.

……선한 신이기는 하나 개개인의 목숨은 그다지 신경 쓰지 않는 대범한 여신 세레스티느. 그 여신이 마음에 들어 한 사람을 배신한다면 과연 어떤 사태가 벌어질는지…….

더욱이 그들이 모시는 귀족은 총명하면서도 평민에게도 상냥하게 대하는 연약한 14살짜리 소녀.

배신자가 나올 턱이 없다.

……아무래도 당초 기대했던 것만큼 성과를 거두지 못한 듯하다.

국왕은 그 사실만은 이해할 수 있었다.

여신의 총애를 받고 있고, 젊으며, 아직 결혼하지 않은 귀족 소녀. 그 가치를 모르는 자가 있을 리가 없다. 그러니 그 주군이나 같은 파벌에 속한 자들이 놓칠 리가 없다.

파벌의 수장이 움직이기 전에 직접 본인과 협정을 맺은 뒤에 국왕에게 존경을 표해야하니 수도에 오라고 권했다면. 그리고 일이 잘 풀렸다면.

아무리 다른 나라에 비해 권한이 제한되어 있다고는 해도 자신은 명색이 '국왕'이다. 하급 귀족, 더욱이 미성년 소녀이니 국왕의 위광으로 눌러서 이쪽에 유리한 협정을 맺을 수도 있었다. 그리고 일단 정식으로 협정을 맺은 뒤에는 제아무리 주군 가문일지라도, 파벌의 수장일지라도 그 건에 관해 간섭할 수가 없다. 귀족가 당주와 국왕이 맺은 정당한 협정이니까.

그러나 은밀히 접촉하라고 보냈던 사자의 동향을 주군 귀족인 마스리우스 백작이 예의주시하고 있었던 듯하다. 그래서 모든 것이 물거품이 되었다.

이제 레이펠 자작을 빼낼 수 있는 가능성은 없다.

애당초 자작 본인이 주군 귀족인 마스리우스 백작의 조언을 듣고 있다. 그런 초대나 협정에 쉽사리 응하지 않겠지.

이렇게 되었으니 자작에게는 되도록 선량한 국왕인 척 연기하며 호의적으로 대할 수밖에 없다. 그리고 슬하에 있는 자식들 중 누군가가 여자작과 짝을 맺는다면…….

그러나 '잘생긴 젊은이로 꼬셔내는 작전'은 비슷한 또래의 아들을 둔 귀족이라면 모두 생각하고 있겠지. 만약에 여자작이 수도에 온다면 그때는…….

그렇게 생각하니 국왕은 머리가 지끈거리기 시작했다.

"뭐, 여자작이 소속된 파벌의 수장이 조금 우쭐거릴지 모르겠지만, 다른 파벌이 협력하여 견제해주겠지. 그걸 기대하는 수밖에 없나……."

아무래도 마리알에게 수난의 나날이 시작될 듯하다.

카오루가 들었다면 부러워할 만한 수난의 나날이…….

아니, 카오루도 자신이 아닌 '사도님'이라는 간판이나 포션 등에 눈독을 들이고서 접근하는 남자는 사양한다고 했다. 그렇다면 마리알도 '기분 좋은 비명'이 아니라, 진심으로 도움을 요청하는 비명을 지를지도 모른다.

   그리고 마리알이 수도에 가야만 하는 날은 그리 먼 미래가 아니었다…….

쉬어가는 이야기 세레스, 달콤새콤 스트로베리

"오늘은, 그 사람 곁으로 가는 날이에요. 에헤, 에헤헤헤헤
헤……."

세레스티느가 중얼거리면서 히죽거렸다.

오늘은 카오루의 상황을 보고하러 가는 날……이라고 해야 하
나? 지구 관리자를 만나러 가는 날이다. 벌써 횟수로 여러 번 되
었다.

"아아아, 정말이지 카오루 짱한테는 고맙기 그지없네요! 그 사
람과 만날 수 있는 계기를 마련해줬을 뿐만 아니라 이 세계의 일
에 여러 번 관여하여 화젯거리와 상담할 거리를 잔뜩 만들어주다
니 굿 아이디어! 그리고 일을 거듭 저질러서 보고할 만한 재밌는
내용을 자꾸자꾸 제공해주고 있어요. 아이 참, 나 때문에 일부러
그러는 게 아닌가 싶을 만큼……. 헉! 혹시 정말로 일부러 그러는
지도! 아아아, 역시 내 유일한
친구예요! 친구란 참 근사한 존
재네요!"

예전에는 '그분'이라고 했는
데 지금은 '그 사람'이라고 호칭
하고 있다. ……'사람'이 아닌
데도.

아무래도 심리적으로 꽤 가까워진 듯하다.

그리고 카오루를 향한 일방적인 우정이 끝없이 커져가고 있다.

본모습이라고 해야 하나? 세레스티느의 본체……의 진짜 이름은 인간이 발음할 수가 없다. 그 본체에게 인간이란 물벼룩이나 미생물만도 못한 존재이다. 그러나 본체의 극히 일부, 인간과 의사소통이 가능하도록 극한까지 능력을 떨어뜨린 분체인 세레스티느는 선량한 인간을 병아리나 햄스터 정도로 여기는 듯하다.

……다만 그밖에 평범한 인간은 벌레, 싫어하는 인간은 모기나 바퀴벌레 정도로 인식하는 듯하다. 그래서 방해가 되거나 폐를 끼치면 주저 없이 없애버린다.

카오루는 '좋아하는 사람에게서 분양받은 아기 고양이' 정도?

아니, 그래도 카오루를 향한 애정이나 우정 비슷한 감정은 진짜인 듯하다. 그 감정은 한 마디로 표현할 수가 없는 것이었다.

"어쨌든 귀중한 기회이니 그 차원세계의 #♭÷⌐∮£ 아줌마나 다른 녀석들한테 질 수는 없습니다!"

아무래도 라이벌이 있는 듯했다…….

그러나 몇 만 년, 아니, 몇 억 년, 몇 십억 년을 살아왔는지 모르는 세레스티느가 '아줌마'라고 부르는 생명체는 대체 나이를 얼마나 먹었을지…….

본체의 나이는 알 수가 없지만, 세레스티느, '그 사람' 그리고 '아줌마'나 다른 라이벌들은 모두 본체의 한 파편에 불과하다. 그리고 제각기 관리하는 세계의 생명체와 의사소통이 가능하도록 극한까지 사고 속도와 수준을 떨어뜨렸기에 다들 비슷한 상태였다.

……다시 말해 제각기 개성이 다르기는 하지만, 다들 세레스티느와 별반 차이가 없다는 뜻이다.

현재 세레스티느는 자신이 담당하고 있는 세계에 사는 생물과 비슷한 모습을 취했을 뿐이다. 그래서 굳이 인간의 모습으로 '그 사람'을 만나러갈 필요는 없지만, 공교롭게도 '그 사람'도 평소에는 인간과 비슷하게 생긴 생물의 모습을 하고 있다. '커플'처럼 보이는 것 같아서 늘 그 모습으로 '그 사람'을 만나러 간다.

"좋았어. 완벽해! 갑니다!!"

몸단장을 마치고서 여러 번 확인한 뒤 세레스티느가 차원이동을 했다.

참고로 세레스티느의 가슴이 작은 이유는 그들의 종족이 지닌 미적 감각으로 따져봤을 때 신체에 쓸데없는 지방 덩어리가 늘어져 있거나, 거추장스러운 것이 달려 있거나, 굴곡이 있는 건 비효율적, 다시 말해 아름답지 않기 때문이다.

육체관계나 모유로 자식을 키운다는 개념이 없는 종족이기에 자그마하고 컴팩트하며 효율적인 신체를 우수하다고 여긴다. 다시 말해 아름답다고 여긴다는 소리다.

그래서 세레스티느는 카오루의 신체를 재구성할 때 서비스 차원으로 예전 신체보다 가슴을 조금 작게 축소해주었다. 더욱이 식사나 운동으로 가슴이 커지지 않도록 조치도 해놓았다.

……좋아할 줄 알고서.

카오루가 기뻐할 줄 알고서…….

무지무지 쓸데없는 참견이었다…….

"오, 오랜만입니다…….."

세레스티느가 인간처럼 인사했다.

지난번에 헤어진 뒤에 세레스티느에게는 눈을 한 번 깜빡할 만한 시간밖에 지나지 않았지만, 본인은 이번 만남을 꽤나 고대하고 있었겠지.

"아, 세레스 쨩. 늘 미안하군요…….."

"아, 아뇨, 카오루 쨩의 행적을 보고하는 건 저도 재미있어서…….."

세레스티느가 '그 사람' 앞에서 수줍어했다.

연인이나 결혼 같은 개념이 없는 그들에게 '멋진 자가 자신을 알아주는 것', '자신을 호의적으로 여겨주는 것', '긴급한 때에 서로가 서로의 의지처가 되어주는 것'이 최대의 기쁨이다. ……물론 본체가 아니라 최하급 분신체에 불과한 세레스티느의 입장에서 그렇다는 뜻이지만.

그래서 현재 세레스티느는 행복의 절정을 맛보고 있었다.

그리고 그 광경을 다른 차원에서 모니터링하고 있던, 세레스티느보다 조금 레벨이 높게 설정되어 있는 '다른 분신체'들이 몸부림을 치고 있었다.

""""""달콤새콤해~~!!""""""

다른 분신체들은 어린 여동생이 첫사랑에 들떠있는 모습을 바라보는 삼십 대 언니의 심정이었다. 자신은 더는 그런 풋풋한 감정을 품을 수 없지만, 세레스티느를 통해 대리만족하며 제법 즐기고 있었다.

**

"여긴 카오루. '여신의 눈' 나와라!"

〈여기는 '여신의 눈.'〉

억양이 조금 이상해서 '카오루'가 '카오쿠'에 가까운 발음으로 들린다.

이것은 어디까지나 카오루의 취미 문제다.

야심한 시각에 카오루는 아이템 박스에서 꺼낸 도구로 발모어 왕국의 자신의 집에서 살고 있는 '여신의 눈' 아이들에게 연락을 취했다.

그렇다, 카오루가 여행을 나서기 전에 연락용으로 건네준, 안에 포션이 담겨 있는 '음성공진 수정세트'다.

물론 정식 명칭은 '……라는 기능이 달린 포션 용기'이지만.

아이들이 연락을 취했는지는 카오루가 아이템 박스를 열어 확인해야만 알 수 있지만, 카오루가 연락을 취하면 아이들은 곧바로 응답해준다.

그들은 잘 지켜달라고 부탁받은 카오루의 집이나 현재 카오루와의 유일한 연결 수단인 음성공진 수정세트 앞을 결코 비우지 않았다.

그래서 카오루는 며칠마다 한 번씩 정기적으로 고아들에게 이상이 없다며 연락을 취하고 있다.

그렇게 하지 않는다면 카오루를 걱정하는 고아들이 뻔질나게 연락을 해댈 것이다. 아이템 박스를 열 때마다 착신 알람이 울리면 조금 곤혹스러운 상황을 겪을지도 모르니까.

"뭐 별일은 없지?"

〈특별히 없습니다. 아, 아실 오빠가 서작식(叙爵式)을 마치고서 정식으로 남작님이 됐어요. 그리고 로롯트한테 정부(情婦)가 되어 달라는 얘기를 꺼내서 공방 사람들이랑 한바탕 다퉜고요.〉

"아~……."

리오탈 자작가의 삼남이자 마야르 공방 종업원인 아실은 '사도님을 나라에 붙들어두는 작전'의 일환으로 남작 작위를 받게 되었다. 일단은 '사도님을 맞이할 수 있도록 나라에 협조하고 주도

했다'는 이유로 작위를 받았단다.

실은 카오루를 어느 나라 왕족이나 고위귀족이라고 여기고 있는 나라에서 그녀가 인간이 멋대로 정한 신분 따위 신경 쓰지 않는다는 것도 모른 채 조금이라고 붙들어둘 확률을 높이기 위해서 그녀와 교우관계가 있으면서도 결혼적령기에 속한 자들을 결혼하기 쉬운 신분으로 끌어올렸을 뿐이다.

아단 백작가의 엑토르는 원래 아단 백작가의 장남이니 그대로 놔둬도 문제없다.

그리고 남작이 된 아실은 고아 출신이자 카오루의 후임으로 마야르 공방의 도우미가 된 소녀인 '여신의 눈' 소속 로롯트를 역시나 정처로 맞이할 수는 없었다. 그래서 정부가 되어달라고 부탁한 듯하다.

"작위가 없는 하급귀족 가문의 삼남한테 시집을 가는 거라면 공방 사람들도 묵인했을 텐데, 첩이라면 모를까 자식을 낳더라도 귀족 신분도 보장되지 않을 뿐더러 승계권도 인정받지 못하는 정부로 삼으려고 했으니 당연히 반발할 수밖에……."

첩이란 측실과 동일한 의미이다. 정처가 그 존재를 인정하고 있다는 점, 생활비 등을 남성이 모두 부담한다는 점, 그리고 태어난 아이가 남성의 자식으로서 귀족 신분과 승계권이 부여된다는 점이 정부와는 전혀 다르다.

그래도 고아 출신에게는 복에 겨운 꽃가마이긴 하겠지. 그리고 평민이 작위를 받은 귀족님에게 불평을 할 수도 없는 노릇이다.

그러나 그 공방 사람들은 아무리 남작 작위를 받았다고 해도 아실을 '동료 아실'이라고 여기겠지. 그리고 로롯트는 '다 함께 지켜야 할 동료'로 여기고 있을 테고.

"뭐, 본인의 의사에 맡길 수밖에 없으려나……. 로롯트의 뜻에 따르는 게 좋지 않겠어?"

〈응. 그리고 아실 오빠의 형수님이 우리를 보러 와줬어요. 보살펴주던 카오루 씨가 떠나버려서 걱정된다면서……. 그래서 카오루 언니는 늘 빈둥거리기만 하고, 원래 요리와 청소와 빨래는 다 함께 해왔으니 전혀 문제없다고 했더니 '그 여자가……' 하고 화를 내면서 돌아가버렸어요.〉

"꺄……."

〈까?〉

"꺄아아아아아~~!!"

그리고 그 뒤에 카오루는 교신 담당인 에밀과 벨과 교대한 뒤 머리를 싸쥔 채 몸을 웅크렸다…….

제37장 첫 심부름

"카오루 언니야. 나, 외출하고 싶어."

"응? 좋아. 이제 곧 오전 영업시간이 끝나니까 조금만 기다려. 그나저나 어딜 나가고 싶니?"

평소처럼 무릎 위에 앉아 있던 레이에트 짱이 조르자 카오루는 당연히 자신이 동행하는 것을 전제로 대답했다. 물론 그 이외의 선택지는 존재하지 않으므로.

……그러나.

"으으응, 나 혼자서 가고 싶어."

"뭐, 뭐라고오오오오오~~!!"

카오루는 경악했다.

(미, 미미미, 미움 받을 짓을 했나? 지금껏 내 곁에 달라붙어서는 절대로 떨어지려고 하지 않았는데……. 반항기? 아니면 내 품에서 벗어나려는 건가? 아아아아아, 대체 어떡해야…….)

이토록 태도가 확 달라질 줄이야.

그러나 부모가 팔아넘겨, 유괴범에게 유괴되었을 뿐만 아니라 도움을 요청하려고 했던 문지기 병사들마저도 유괴범들과 한패였다. 그녀가 어른은 믿을 수 없다고 편견을 품을 만

도 하다.

"어, 어어어어(어쩌지!)"

"대, 대대대대(대체 어딜!)"

"누, 누누누누누(누가 꼬드긴 거야아아아아앗!!)"

"대화가 안 되잖아……."

레이에트 짱이 냉정하게 딴죽을 걸자 카오루는 격침되었다…….

＊＊

"……그렇게 된 거야."

"…………."

착란에 빠진 카오루가 따져 묻자, 레이에트 짱이 들려준 내용은…….

이미 6살, 그리고 곧 7살이 되는데도 늘 카오루와 함께 다닌다. 카오루가 모든 것을 다 해주고 보호만 받는다. 자신은 아무것도 하질 않아서 전혀 발전하지 못하고 있다. 그래서 그렇게 살면 안 될 것 같단다.

"레, 레이에트 짱, 정말이지 기특해……."

카오루는 무심코 레이에트 짱을 꼬옥 끌어안았다.

"……그러니까 이러면 안 된대도!"

"어어어어어……. 하지만 레이에트 짱은 내 치유 담당이니까……."

"아냐! 난 카오루 언니야를 도와주고 싶다구!"

"아니, 그러니까 치유 담당으로서 충분히 제 역할을 다하고⋯⋯."

"아냐아아! 그게 아냐아!!"

레이에트는 카오루의 '판자 같은 가슴'을 투닥투닥 때린 뒤 무릎에서 내려와 계단을 뛰어올라 2층으로 사라졌다.

"어⋯⋯."

"어어어⋯⋯."

"에에에에에에에엥!!"

멍.

숙녀, 멍 때리다.

그리고 프란세트가 망연자실해하는 카오루를 연민하는 눈으로 바라보았다⋯⋯.

**

"그래서 내가 과보호하는 건지도 모른다고?"

"과보호 같은 게 아니라 완전히 과보호죠. 명백히!"

"에에엥⋯⋯."

프란세트가 평소답지 않게 강한 어조로 말하자 카오루는 기가 눌렸다.

"만약에 카오루 쨩한테 소중한 사람이 있다고 가정합시다. 그 사람을 도와주고 싶다, 기쁘게 해주고 싶다고 생각하고 있는데, 귀여워만 해줄 뿐 아무것도 시켜주지 않는다면 좋겠습니까? 도움이 되고 싶은 마음이 간절한데, 아무 경험도 쌓지 못한 채 응석만 받아주는 나태한 나날이 이어진다면 즐거울까요?"

"아⋯⋯."

프란세트의 말이 맞다.

일본에서 예닐곱 살은 어엿한 초등학생이다.

초등학생이 되면 모두들 공부하고, 친구와 놀고, 싸우고, 모험을 하며 다양한 체험과 온갖 경험을 한다. 신체뿐만 아니라 정신도 크게 성장하는 시기다.

그런데 레이에트 짱은 하루 중 반나절을 카오루의 무릎 위에서 지낸다. 늘 보호를 받으며 함께 한다.

레이에트 짱은 즐겁고 행복하고 안락한 생활에 푹 빠져 지내다가 이래서는 안 될 것 같다는 걸 깨달았다. 이 얼마나 기특한 생각인가⋯⋯.

"역시 레이에트 짱!"

카오루는 너무나도 기쁜 나머지 황홀한 표정을 지었다.

"그러니까 그게 안 된다고요!!"

아무래도 프란세트가 정말로 짜증이 난 듯하다. 설령 그 상대가 여신님일지라도⋯⋯.

"……그럼 날더러 레이에트 짱을 매몰차게 내치라고?"

"아뇨, 그렇게까지는 말하지 않았는데……."

프란세트가 이제야 진정된 카오루에게 선후책을 제시했다.

"여하튼 레이에트한테 상처를 주지 않고, 만족시키고, 또한 성장을 저해하지 않으려면 이대로는 안 됩니다. 레이에트의 자주성을 조금 더 존중하고, 자기 자신을 돌아보게 하며, 혼자 행동하는 것에 익숙해지지 않으면……. 그렇지 않으면 카오루 짱이 없으면……, 아니, 카오루 짱이 있더라도 혼자서는 아무것도 할 수 없는 아이가 돼버릴 겁니다. 그래도 괜찮겠습니까……."

"윽……."

지구에서 살았을 때 니트나 은둔형 외톨이, 커뮤니케이션 장애아 등을 들어본 적이 있었다. 자신이 레이에트 짱의 인생을 망칠지도 모른다는 생각이 문득 들자 카오루는 초조해졌다.

"어, 어쩌지……."

카오루가 당황하자 프란세트가 답을 시원스레 내뱉었다.

"혼자서 해낼 수 있도록 북돋아줘야 합니다. 예를 들어 혼자 외출을 시킨다거나!"

"그거 레이에트 짱이 처음에 내게 말했던 거 아냐!!"

……그리하여 카오루는 레이에트 짱의 단독행동을 승낙하였다.

**

81

"그럼 다녀올게!!"

"조심해! 바닥에 떨어진 걸 먹으면 안 돼! 낯선 사람이 말을 걸더라도 따라가면 안 돼! 뒷골목에 들어가면 안 돼. 남자애가 같이 놀자고 꾀더라도……."

"카오루 언니야, 잔소리가 너무 많아!"

그 말을 듣고 카오루가 충격을 받은 듯한 표정을 지었다. 레이에트 쨩은 아랑곳하지 않고 밖으로 뛰쳐나갔다.

그리고 금세 제정신을 차린 카오루가 작은 목소리로 지시를 내렸다.

"프란세트, 부탁해!"

"알겠습니다! 저희들한테 맡기십시오!!"

프란세트는 레이에트 쨩을 쫓아서 가게 밖으로 달려나갔다.

그 뒤에 프란세트와 로랜드, 그리고 에밀과 벨은 논의를 벌인 끝에 레이에트 쨩을 무사수행의 일환으로 여행을 보내기로 했다. ……물론 당일치기로.

프란세트뿐만 아니라 에밀과 벨도 이따금씩 카오루의 부탁……, 다른 시점으로 본다면 '신의 명령'……을 받아 카오루를 돕고 있는데, 자신만이 아무 도움도 되지 못한 채 밥만 축내고 있다. 레이에트 쨩은 그렇게 생각하며 고민했던 듯하다. '이래서야 로랜드 아저씨랑 똑같다'면서.

그 말을 듣고서 로랜드는 대단히 침울해했다. 유녀가 자신을 쓸모도 없는 식충이로 여겨서 그런 건지, 아니면 '아저씨'라는 소리를 들어서 그런 건지는 모르겠지만……. 어쨌든 레이에트 짱에게도 할 일을 주어서 모티베이션을 끌어올려야만 한다.

그리고 그와 동시에 다른 아이들과 교류라고 해야 할까? 함께 놀고 운동하면서 사교성까지 기를 수 있다면 일거양득이다.

그래서 카오루가 레이에트 짱에게 내린 지시는…….

'고아들 속에 잠입하여 그들이 여신의 축복을 받을 만한 자격이 있는지 조사해라.'

……. 그렇다. 다시 말해 함께 놀고 오라는 것이었다.

카오루가 레이에트 짱에게 여신의 심부름꾼으로서 내린 첫 번째 임무.

……. 그렇다. '첫 심부름'이다.

그래서 당연히 안전을 위해서 스태프들이 숨어서 지원하고 있다.

우선 조사 대상으로 삼은 고아들은 사전에 에밀과 벨이 조사를 해두었다. 주변에 부랑배나 인신매매범 등이 없는지도 확인을 끝내뒀다.

그리고 고아들의 리더를 맡고 있는 소년이 부조리한 폭력이나 괴롭힘, 착취 등을 하지 않으며, 범죄행위도 먹고 살아가기 위해서 최소한으로만 허용하는 진지한 사람이라는 것도 조사를 해두었다.

……만약에 레이에트 쨩이 그들과 친해졌는데, '축복을 받을 자격이 없다'고 판정을 내린다면 무척 슬퍼하겠지. 그래서 애초부터 합격을 받을 만한 고아 집단에 파견한 것이다.

그 말을 듣고 프란세트는 어이없다는 표정을 지었다. 그러나 아무 말 없이 넘어가 주었다.

프란세트의 성격이 상냥해서 그런 건지, 아니면 그저 어이가 없어서 말대답하는 걸 포기했을 뿐인 건지…….

레이에트 쨩이 '카오루 언니야, 절대로 따라오면 안 돼!' 하고 평소답지 않게, 정말로 평소답지 않게 진심으로 신신당부를 했다. 그래서 나무 뒤에서 얼굴을 빼꼼 내밀고서 동생을 몰래 지켜보는 언니 놀이를 하려고 했던 카오루의 속셈이 봉쇄되었다.

레이에트 쨩의 부탁을 무시하고 약속을 깨는 것이 내키지 않……는다기보다는 만약에 들켰을 때 레이에트 쨩이 큰 상처를 입고 카오루를 싫어하게 될지도 모르니 자그마한 모험조차도 무릅쓸 수가 없다. 그래서 카오루는 몰래 따라가는 것을 단념하기로 했다.

그러나 레이에트 쨩은 '카오루 언니야, 절대로 따라오면 안 돼!' 하고 말했다. ……그렇다. 다른 사람들은 안 된다고 하지 않았다.

그래서 프란세트를 파견한 것이다.

사실 카오루는 에밀과 벨도 보내고 싶었지만, 프란세트가 내 곁을 절대로 비워둘 수는 없다며 허용하지 않았다.

그리고 은밀히 호위하는 훈련을 받지 않은 로랜드는 방해만 될 뿐이라서 이번에는 대기시켰다. 풀이 죽은 로랜드에게 한 마디 물어보지도 않고……

**

"저, 저기다……"

레이에트 짱이 도착한 곳은 강변에 펼쳐진 초원이었다. 강에서 조금 떨어진 언덕에 폐자재와 판자, 기다란 풀 등으로 만들어진, 오두막이라고도 할 수 없는 간소한, 뭐라고 해야 할까……, 그저 비바람만 간신히 피할 수 있는 간이 시설이 있었다. 그 주변에 네다섯 살쯤 먹은 아이들과 일여덟 살쯤 먹은 아이들이 대여섯 명 있었다. 다들 하나 같이 꾀죄죄했다.

아마도 비좁고 푹푹 찌는 간이 시설 안에 있는 것보다는 밖에 나와 있는 게 더 낫겠지.

그리고 혼자서 살아가기에는 모두들 너무나도 어렸다.

아마도 나이가 많은 아이들은 돈이나 음식을 구하러 나갔을 것이다. 유아라고 부를 만한 아이들을 돌보기 위해서 그나마 나이가 있는 일여덟 살쯤 먹은 아이들이 남아 있는 거겠지.

이곳은 바다와 가깝다. 그리고 지형 덕분에 비가 꽤 내리더라도 물이 언덕까지 차오르지는 않을 것이다. 그리고 이 지역은 강수량도 적다. 설령 물이 차오르더라도 저렇게 조악한 시설 따위는 선선히 버리고서 피난할 수 있겠지. 그리고 물에 휩쓸리더라도 금세 다시 세울 수가 있겠지.

강변이라는 입지조건은 물이 차오를 위험성이 있긴 하지만, 생활하기 편해서 버리기가 어렵다. 공동 우물을 쓸 수가 없는 아이들에게 저 강은 목을 축이고, 옷을 세탁하고, 목욕하고, 용변을 보는 데 필요한 물을 제공해주는 그야말로 '생명의 강'이다.

"좋아, 임무 개시!"

레이에트 짱이 그렇게 말하고서 아이들에게 아장아장 다가갔다.

그리고 아이들은 그런 레이에트 짱을 수상쩍은 눈으로 쳐다봤다.

그들과 몇 미터쯤 떨어진 곳에 이르렀을 때 레이에트 짱이 아이들에게 말을 걸었다.

"도, 돈벌이는 어떠세요?"

""""""뭐야, 그거거어어어어!!!!!!""""""

대체 레이에트 짱에게 뭘 가르친 거냐? 카오루…….

"……그래서 너도 고아라고? 그렇게나 좋은 옷을 빼입고, 몸단

장까지 하고 있는 녀석이?"

개중에서 연장자로 보이는 남자애가 수상쩍다는 눈으로 레이에트 짱을 물끄러미 쳐다보며 말했다. 그러나 레이에트 짱은 태연한 표정이었다.

그렇다. 지금 레이에트 짱에게 무서운 것은 전혀 없었다. 여신님을 위해서 극비임무를 수행하고 있는 중이니 자신의 목숨 따윈 신경 쓸 필요도 없다.

"응! 부모가 날 팔아넘겼는데, 상인을 따라가던 도중에 유괴단한테 납치되었어. 노예나 희생양이나 노리개? 가 될 뻔했는데 구출되었어!"

푸후훗!

아이들이 세차게 뿜었다.

노리개가 무슨 뜻인지 잘 모르는 아이들도 팔아넘기다, 상인, 유괴, 노예, 희생양 같은 단어는 알고 있다. 자신들에게도 언제 닥칠지 모를 위험이기에 나이 많은 아이들이 조심하라고 신신당부했기 때문이다.

그리고 부모가 죽었다면 모를까, 자기 자식을 팔아넘겼다니. 너무 우울한 사연이다.

고아들은 자기들이 가장 불행한 줄 알고 있었다. 그러나 바닥 아래에는 지하가 있다. 그렇게 생각하니 기뻐해야 좋을지, 슬퍼해야 좋을지…….

어쨌든 아이들은 저 소녀가 자기들과 비슷한 처지라는 점만은 이해했다.

"지금은 날 구해준 사람과 함께 여행을 하기도 하고, 도시에서 지내기도 하고 있어. 그런데 '강변에 아이들이 있으니 한동안 거기에 가보라'고······."

"''''''''''·············"'''''''''''''.

자신들을 알고 있다면 이 거처도 본 적이 있을 것이다. 그리고 자신들이 입에 풀칠이나 간신히 하며 사는 고아들이라는 사실도 당연히 알고 있을 터······. 그런데 저 아이를 이곳에 보냈다는 건······.

((((((······버림받았다?))))))

레이에트 짱은 카오루에게 여러 가지를 배웠다. 그리고 그중에는 거짓말과 관계된 가르침도 있었다.

카오루 왈.

'거짓말은 꼭 해야 할 때는 해도 되지만, 할 필요가 없을 때는 하지 않는 편이 나아.'

'거짓말을 하지는 않았지만 깜빡하고 일부 내용을 빼먹었을 뿐인데, 상대가 멋대로 착각했다면 그건 어쩔 수 없지. 제멋대로 착각한 사람이 잘못한 거야.'

'사람을 웃게 하고, 즐겁게 하고, 행복하게 하는 거짓말은 해도 좋아.'

'하나의 거짓말을 믿게 하려면 그 거짓말을 99개의 진실로 포

장해.'

'상대를 믿게 하고 싶다면 가장 먼저 자신이 그 거짓말을 믿어야 해.'

……그밖에도 많다. 레이에트 짱은 6살짜리에게는 조금 이른 감이 있는 영재교육을 받았다.

"그, 그그그, 그래? 어, 어어어, 어, 그럼 느긋하게 지내도록 해……."

"? 으, 응……."

소년이 느닷없이 상냥하게 말하자 레이에트 짱은 어리둥절해했다.

"가, 같이 놀래?"

그리고 아까 그 소년과 비슷한 또래로 보이는 소녀가 말했다.

"응!"

레이에트 짱은 마을을 나선 뒤로 처음으로 비슷한 또래의 아이들과 교류를 했다.

카오루와 함께 있는 건 기쁘고 영광스럽고 안심이 되고 행복하지만, 카오루와의 관계는 결코 '친구'가 아니다. 역시나 아이에게는 친구가 필요하다…….

"……레이에트 녀석, 잘 잠입한 것 같네……."

커다란 나무 가지에 앉아 있는 프란세트가 조금 떨어진 지점에서 고아들을 지켜보고 있었다.

강변에는 차폐물이 없어서 거리를 조금 띄어야만 감시를 할 수가 있다. 레이에트 짱이 안전한지 확인하기에는 충분한 거리이지만, 대화 내용까지는 들을 수가 없었다.

"뭐, 아기는 자고 우는 게 일이고, 아이는 노는 게 일이니까. 그리고 기사는……."

프란세트가 칼자루를 가볍게 쥐었다.

"적을 쓰러뜨리고 사명을 완수하는 것이 일이야. 설령 그 사명이 간단하든, ……불가능하든 말이야. 충성을 맹세한 분께서 하명한 명령이라면!"

**

"……응? 걔는 뭐냐?"

돌아온 5명의 아이들의 나이대는 열 살 전후에서부터 열서넛 살까지였다. 소년이 3명, 소녀가 2명이었다.

"좋은 옷을 입고 있네……. 어째서 저런 애가 여기 있는 거야? 야, 셰리. 자칫 우리가 유괴했다고 오해를 살 거 아냐? 우리 모두가 범죄 노예가 될 수도 있는데 어째서 말리지 않았어! 누가 데리고 온 거야!!"

가장 연장자이자 이 무리의 리더로 보이는 소년이 얼굴을 시뻘겋게 물들이며 호통을 쳤다. 그러나 집지키는 팀에 속한 셰리라는 소녀가 고개를 가로저었다.

"······자기 발로 왔어. 우리랑 같은 부류야."

"어······."

리더 소년이 믿기지 않는다는 표정을 지었다. 그러나 셰리는 아이를 함부로 데려오는 것이 얼마나 위험한지 잘 알고 있다. 그리고 그 아이는 말쑥한 옷차림이나 얼굴 등이 이곳과 어울리지 않지만, 그밖에 다른 부분은 녹아들어 있다. 모두를 하대하는 듯한 표정을 짓지 않았다. 모두가 대등한 입장이라고 여기는 것처럼 보였다.

"······하지만 저 아이는 상관없지만, 부모가 노발대발하며 달려온다면 끝장이야. 아무리 학대를 당했다고 해도 자기 자식이 우리 같은 고아들과 함께 있는 모습을 지인이 보기라도 하면 창피를 당할 수 있으니 억지로 데려가려고 할 가능성이······."

"부모는 없고, 자길 거둬준 사람이 여기에 가라고 했대."

"············."

셰리의 이야기를 듣고서 리더 소년은 '아무래도 저 아이를 거둬준 사람은 벼룩이나 진드기처럼 자기에게 달라붙어 있는 것이 싫어서 다시 버렸다. 저 아이를 정식으로 거둘 생각은 애초부터 없었다'고 판단한 듯했다. 자세한 사연을 모른 채 이야기만 들었으니 그렇게 생각할 수밖에.

"······그래? 난 마로이라고 해. 뭐, 언제든지 놀라와!"

리더 소년은 잠시 생각한 뒤에 레이에트 쨩에게 그렇게 말했다.

아무래도 레이에트 짱을 받아들이기로 한 모양이다.

그 뒤에 고아들과 더 놀다가 나이 많은 아이들이 식사 준비를
시작하자 레이에트 짱은 그만 돌아가기로 결심했다.
"오늘은 이만 돌아갈래. 놀아줘서 고마워!"
레이에트 짱은 모두에게 그렇게 말하고서 타다닷, 하고 달려
갔다.
이곳에 더 머물렀다가는 고아들이 가뜩이나 부족한 식량을 자
신에게도 나눠줄지 모른다고 생각했기 때문이겠지. 너무나도 미
안해서 떠나기로 마음을 먹은 거겠지.
……아니면 여기서 주는 맛대가리 없는 음식보다는 카오루가

만들어준 요리가 훨씬 낫다고 여겼을
뿐인지도…….
어쨌든 그 소녀가 더는 돌아갈 곳이 없
다고 생각했던 셰리는 '어? 어?' 하고 당
혹스러워했다. 레이에트 짱은 아랑곳하
지 않고 선선히 돌아가버렸다…….

**

"……그런 느낌이었어. 쥬타랑 로슈랑 셰리, 모두 착한 사람
이야!"

"응응, 잘 했어, 레이에트 짱! 그럼 이 기세를 이어서 내일도 열심히 해줘!"

"응!!"

"……프란세트, 어땠어?"

"예, 고아들과 즐겁게 놀았습니다. 특별히 다른 점은 없었습니다. 에밀과 벨이 조사한 대로 모두 어려운 처지 속에서도 성실하게 살아가고 있는 것으로……."

"고마워. 그럼 임무는 내일 종료하기로 할까. 그 뒤에 임무와는 관계없이 놀러갈지 말지는 레이에트 짱의 자유이니까. 임무가 아니라 스스로 원해서 가는 건……."

"예……."

프란세트가 살짝 부드러운 눈으로 쳐다봤다.

실은 엄청 진지하고 융통성이 없고 고지식한 프란세트는 남들의 미움을 사지는 않았으나 마음을 열고서 대화를 할 만한 친구가 없었다. 딱히 눈매가 사나운 것도 아닌데…….

**

그리고 이튿날 밤, 카오루가 '그 아이들은 합격. 어려움에 빠졌을 때 도와줄 만한 자격이 있다는 건 알았으니 조사는 종료야' 하고 말하자 레이에트 짱의 얼굴에 살짝 그늘이 드리워졌다. 그러나 뒤이어 카오루가 '그러니까 그 아이들이랑 언제든지 놀아도 좋아' 하고 말하자 다시 활짝 웃었다.

그 이후로 레이에트 짱은 종종 혼자서 고아들의 거처에 놀러갔다.

……물론 그때마다 프란세트나 에밀이 숨어서 호위를 해주었다.

레이에트 짱을 엄청나게 과보호하는 카오루가 그녀를 홀로 보낼 리가 없다.

"'도둑잡기'는 경비병과 도둑으로 나뉘어서 한쪽은 잡고 한쪽은 도망치는 놀이야!"

"'오뚜기가 넘어졌다(한국의 무궁화꽃이 피었습니다와 비슷한 놀이)'는 귀신과 그 이외의 사람으로 나뉘어서…… ."

……그리고 레이에트 짱은 카오루에게서 배운 놀이를 고아들에게 알려주었다.

카오루는 레이에트 짱이 고아들 속에 더 잘 녹아들라며 여러 놀이들을 전수해주었다. 그녀의 과보호는 건재했다.

그리고 특별한 도구가 필요 없는 놀이를 골라서 레이에트 짱에게 알려주었다. 후르츠 바스켓을 하려면 의자가 필요하고, 깡통차기를 하려면 깡통이 필요하니까.

"'오뚜기'는 뭐하는 사람이야?"

"으~음, 팔과 다리가 없는 사람."

"너! 팔다리가 없는 사람을 넘어뜨리며 놀자는 거냐! 귀신도 울고 가겠네! ……아, 그래서 '귀신'이 있는 건가…… ."

……사실과 상당히 다릅니다.

어쨌든 간단하면서도 세련된 놀이는 고아들 사이에서 큰 인기를 끌었다.

그리고 집을 지키는 아이들끼리 그 놀이를 하기에는 숫자가 적어서 연장자 팀이 돌아오면 다 함께 놀거나, 가끔은 다른 고아 무리와 어울려서 놀았다. 그러는 사이에 온 도시에 있는 고아들에게 그 놀이가 순식간에 퍼져나갔다.

그리하여 고아들은 레이에트 짱을 '재밌는 놀이의 창시자'로서 우러러보게 되었고, 그 입지를 착착 굳혀나갔다.

＊＊

오늘은 프란세트가 호위를 하는 차례였다.

그녀는 늘 그렇듯 자기 자리처럼 익숙해진 나뭇가지에 앉아 있었다.

에밀도 같은 곳을 이용하는지 두 사람은 제각기 편하게 호위할 수 있도록 손을 보았다. 물통을 걸 수 있도록 돌기를 만들기도 하고, 편하게 앉을 수 있도록 나뭇가지를 조금 깎기도 하는 등 여러모로 조치를 해두었다.

……마치 어린이가 만든 '비밀기지' 같다.

계절이 바뀌어 나뭇잎이 떨어지기 시작한다면 다른 감시 장소를 물색해야만 한다. 되도록 찬바람이 들지 않는 좋은 곳을…….

"으…… 이런, 배가……."

프란세트는 기사다. 그래서 예전 직장에서는 호위나 경비 임무 중에 식사나 용변을 봐야할 때는 잠시 다른 자에게 맡기거나 교대요원을 부르곤 했다. 혼자서 임무를 하는 경우는 거의 없었고, 대기요원이 대기하는 것이 보통이었으니.

그렇다. 닌자처럼 배고픔이나 용변을 참는 훈련을 특별히 받아본 적이 없다. 음식이라면 모를까, 물은 꼭 마셔야하며…… 그리고 배출도 필요하다.

그리고 이번 임무에서도 지금껏 여러 번 용변을 해결해왔다.

"강변이라 확 트여 있고, 근처에 숨을 만한 데가 없어서……."

프란세트는 투덜거리면서 조금 떨어진 곳으로 향했다.

아무리 실제 나이가 30대 후반이라고는 해도, 지금껏 야외에서 여러 번 용변을 해결해왔다고는 해도, 역시나 남의 눈에 띌만한 곳은 조금 그렇다.

……특히 '큰 것'은…….

그러나 현재 프란세트는 고아들을 전혀 걱정하지 않고 있다. 감시 장소에서 10분쯤 이탈하더라도 별일은 없겠지. 카오루야말로 이상하리만치 사서 걱정을 한다고 생각하면서.

그렇다. 수많은 '방심했다가 후회한 자들'처럼…….

**

"있다, 저 녀석이야!"

레이에트 짱이 평소처럼 집지키는 고아들과 놀고 있으니 두 어른이 다가오다가 그렇게 말하더니 갑자기 달려왔다.

"공격 개시!"

오늘 집지키는 조의 리더를 맡은 셰리가 망설이지 않고 외치자 고아들이 동작을 멈추더니 땅바닥에 웅크려 적당한 크기의 돌멩이를 쥐었다. 그러고는 어른들을 향해 그 돌멩이를 힘껏 던졌다. 그다음에 왼손에 있는 돌을 오른손으로 옮기고서 다시 한 번 던졌다.

웅크리고 돌멩이를 주운 뒤 두 번 던진다. 그리고 또다시 웅크린다.

레이에트 짱을 제외한 6명의 고아들이 마치 여러 번 훈련을 받은 것처럼…… 아니, 실제로 훈련했겠지……. 돌멩이를 연거푸 던졌다. 강변이라서 지천에 돌멩이가 널려 있다.

어른들은 위법 노예로 삼거나 노리개로 삼고자 아이들을 유괴하러 왔다.

반쯤 장난삼아 놀이하듯 가진 것을 빼앗기도 하고, 죽이기도 하고…….

그런 공격에 대비하고자 아마도 여러 번 연습을 했겠지. 4살에서 8살 사이의 아이들치고는 꽤 통제된 공격이었다.

그 나이대의 아이들은 도망쳐봤자 어른들의 다리를 당해낼 수가 없다. 어른들은 겁찍은 아이를 쉽게 붙잡아서 끌고 가겠지. 그래서 아이의 힘으로도 어른을 쓰러뜨릴 수 있는 투석에 모든 것을 걸었겠지.

어차피 실패하더라도 붙잡히는 아이들이 늘어나는 것이 아니다. 어른 하나가 아이 하나를 붙잡는 곳이 고작이다. 혼자서 아이 둘을 제압하기란 어렵겠지. 또한 마을 성인들에게 들키지 않도록 옮기려면 어른 둘이서 아이 하나를 유괴하는 것이 고작일 것이다.

"빌어먹을, 저 꼬맹이 자식들이!"

아이들이 던진 돌멩이가 어른들에게 여러 번 적중되었다. 그러나 두 팔로 머리를 감싸고 있어서 옷이나 팔다리나 몸통에 맞은 정도로는 아이의 힘으로 어른을 골절시키거나 기절시킬 수는 없다. ……상당한 고통을 주기에는 충분하겠지만…….

돌멩이를 멀리서 던진 것이 아니라서 어른들은 금세 아이들 곁에 이르렀다. 두 어른은 힘껏 밀치거나 발로 차면서 순식간에 아이들을 제압해나갔다.

죽을 정도는 아니지만 자칫 골절을 당하거나 후유증이 남을지도 모른다. 그만큼 두 어른은 아이들을 가혹하게 공격했다. 이래서야 기껏 유괴하더라도 가격이 상당히 떨어지겠지. 유괴범치고는 생각이 너무 얕다.

레이에트 짱은 투석에 가담하지 않았기에 폭행을 당하지는 않았다. 그저 멍하니 서 있을 뿐이었다.

"좋았어. 방해꾼은 정리했군. 그럼 의뢰받은 먹잇감을 붙잡아볼까!"

그때 비로소 레이에트 짱은 깨달았다.

어른들의 표적이 고아들이 아니라 바로 자신이라는 것을.

이 중에서 자신이 가장 좋은 옷을 입고 있고, 말쑥해서 값비싸
게 팔릴 듯하다.

그래서 어른들은 다른 아이가 죽든, 크게 다치든 상관없으므로
힘껏 밀치거나 발로 차는 거겠지. 돌멩이에 맞은 분풀이를 해주
고자 공연히 더 힘을 실어서.

"가르르르르……."

레이에트 짱이 어금니를 드러냈다.

그렇다. 예전에 프란세트의 목덜미를 깨물어 큰 타격을 주었던
그 어금니를…….

덥석!

남자들이 좌우에서 레이에트 짱의 어깨를 쥐고서 그녀를 들어
올리려고 했다.

그러자 레이에트 짱이 고개를 홱 돌려…….

꽈직.

"끄아아아아악~~!!"

돌멩이를 맞고도 비명을 흘리지 않고 참아냈던 남자도 역시나
이것만은 견딜 수 없었던 듯하다.

레이에트 짱은 아직 6살이지만 턱 힘이 제법 강하다.

그리고 이가 작다.

만약에 이의 직경이 어른의 것보다 반밖에 되지 않는다면 면적은 4분의 1. ……다시 말해 예리하다는 뜻이다. 그리고 그녀가 그 이로 힘껏 물었다.

더욱이 레이에트 짱은 위쪽 송곳니가 꽤 발달되어 있다.

평범한 신발 뒤꿈치에 밟혔을 때와 하이힐의 뒤꿈치에 밟혔을 때를 비교한다면 그 위력은 확연하다. 이미 프란세트의 목덜미로 증명을 끝낸 상태다.

"어떻게 이렇게까지 고개가 돌아가는 거냐! 무슨 늑대냐!!"

물리지 않은 남자가 어이없어하며 그렇게 말했다. 그러나 물린 남자는 말을 할 여유조차 없었다.

"뜨, 뜯긴다! 살점이 떨어져나갈 것 같아! 야, 이거 놔. 놓으라고오오오!!"

그러나 그녀의 몸을 밀치거나, 머리를 잡고서 떼어내려고 하면 그 힘이 고스란히 자기 팔의 살점을 뜯어내는 힘으로 작용한다. 그래서 남자는 방법을 바꿔 레이에트 짱을 구타하기 시작했다.

"그만. 그 녀석을 멀쩡하게 데려오라고 했잖아!"

"닥쳐. 그 지시에 따르다가 팔이 하나 망가지기라도 하면 누가 책임을 질 건데! 네가 질 거냐? 네가 보상비로 금화 1,000닢쯤 내주고서 평생 내 뒷바라지를 해줄 테냐?"

물린 남자가 그렇게까지 말하니 더는 할 말이 없었다. 그 말대로 이대로 팔의 살점이 뜯겨 나간다면 자칫 한쪽 팔이 불구가 될 가능성이 아예 없지 않다.

그렇다고 해서 자신이 모든 책임을 떠안는 건 사양이다. 물리지 않은 남자는 그저 어깨만 들먹였다. 자신이 물리지 않아서 다행이라고 안도하면서…….

남자가 얼굴과 배를 아무리 때려도 레이에트 짱은 팔을 물고 있는 입을 결코 떼지 않았다.

그리고 초조해진 남자가 화를 참지 못하고 왼손으로 허리춤에서 단검을 뽑았다.

"야, 이봐. 그만……."

다른 남자가 만류하려고 했으나 팔이 물린 남자가 왼팔을 쳐들었다.

역시나 날이 아니라 자루 부분으로 때릴 작정인 듯하다. 그러나 딱딱한 부분으로 힘껏 때린다면 유아의 신체는 연약하므로 두개골이든 갈비뼈든 간단히 부숴지고 말 것이다.

그리고 남자가 왼팔을 힘껏 휘둘렀, 으나…… 허공을 갈랐다.

"……어? 어라? 어라……."

남자의 왼팔은 유녀의 몸에 닿지 못한 채 그대로 아래로 툭 떨어졌다.

남자는 황당해하며 자신의 왼팔을 확인했다. 그리고 그 이유를 단번에 깨닫고는 납득했다.

그렇다. 왼팔이 팔꿈치에서부터 뎅강 잘려나갔다.

그러니 유녀의 몸에 닿지 못한 채 아래로 떨어질 수밖에. 이상할 거 하나 없다.

……납득. 완전히 납득할 만한 이유였다.

"끄아아아아아아아~~!!"

"……뭘 하는 있었던 거지?"
이변을 감지하고서 오른팔을 물던 레이에트 짱이 입을 떼자 남자는 그녀를 뿌리치고서 왼쪽 팔꿈치를 쥔 채 아우성쳤다.
다른 남자가 황급히 물러서며 단검을 뽑았다.
그리고 초고속 진동 기능 때문에 약간의 피조차 묻지 않은 검을 쥐고 있는 한 소녀……로 보이는 자가 있었다.
"……대체 무슨 짓을 하고 있었던 걸까……."
기사처럼 갖춰 입은 소녀가 빙긋 웃었다.
……그러나 그 눈은 전혀 웃고 있지 않았다.
그녀는 웃음을 짓고 있었지만, 온몸에서는 다른 감정이 피어올랐다. 그것은…….
분노. 증오. 그리고 또다시 분노.
동지를. 그래, 함께 여신을 모시는 동지를 다치게 한 자를 향한 분노.
앳된 유녀를 다치게 한 자를 향한 분노.
방심해서 이 사태를 초래하고 만 어리석은 자기 자신을 향한 후회와 자기혐오……, 그리고 분노.
여신의 신뢰를 배신하고, 신의 명령을 완수하지 못한 것에 대한 공포와 분노.

분노, 분노, 분노, 분노, 분노…….

푹!

……뽀각.

단검으로 막아낼 새도 없이 그녀의 검이 남자의 옆구리에 푹 박혔다.

남자의 늑골은 확실히 부서졌다. 그 파편이 내장을 파고들었겠지.

이윽고 남자가 바닥에 쓰러졌다. 아무 말도 못한 채 허억, 허억, 하고 가쁜 숨만 내쉬었다.

프란세트는 쓰러진 남자를 방치한 뒤 절단당한 왼팔을 부여잡은 채 아우성치고 있는 남자에게 다가가 발로 차서 쓰러뜨렸다. 그러고는…….

빠각! 또각! 뽀각!

남자의 두 무릎과 오른팔을 흠씬 밟아 부러뜨렸다.

"끄아아아아아아아~~!!"

쓰러진 남자들은 일어서거나 도망치기는커녕 기어 다닐 수도 없을 듯했다. 그 모습을 확인한 뒤 프란세트는 품속에서 금속으로 된 작은 시험관 같은 것을 꺼냈다.

"레이에트! 카오루 님의 포션이에요. 어서 마셔요!"

그러나 레이에트 짱은 고개를 절레절레 흔들었다.

"다른 친구들한테 먹여요! 난 괜찮으니까!"

프란세트에게 최우선으로 지켜야할 대상은 레이에트 짱이다. 두 번째 대상 역시 레이에트 짱이며, 세 번째 대상 역시 레이에트 짱이다. 잘 알지도 못하는 고아 따원 '한가하면 도와줄 수도 있는 존재'에 불과하다.

프란세트의 속내는 겉모습과 달리 30대 후반이다. 꽤 엄혹하고 메말랐다……. 아니, 기사로서, 여신의 종으로서 명령을 충실하게 따르려는 것뿐이겠지. 임무에 지장이 없다면 낯선 사람을 도울 것이다. ……아마도.

그러나 지금은 명령대로 최우선 보호 대상을 보호하고 치유하는 것이 급선무였다.

……그러나 최우선 보호 대상인 레이에트 짱이 원하는 대로 포션을 먹이는 것을 멈추고서 가만히 관찰해보니 그녀의 낯빛이 그리 나쁘지 않았다. 호흡도 안정적이고 평소처럼 대화도 가능하다. 즉 내장이 파열되었거나 부러진 뼈가 중요 장기나 굵은 혈관을 손상시키지는 않은 듯하다. 중상을 입었다는 징후가 보이지 않으니 숨이 곧 넘어갈지도 모른다며 걱정할 필요는 없을 것 같다.

그리고 남자들의 폭행을 받은 고아들 중에는 꿈쩍도 하지 않는 아이도 있었다. 내장이 파열되었거나 심각한 부상을 입었을 가능성을 부정할 수가 없다.

또한 만약에 고아들에게 무슨 일이 벌어진다면 레이에트 짱은 자기 탓이라며 자책하겠지. 크게 상심하여 평생 무거운 짐을 짊어지고 살게 될지도 모른다.

프란세트가 지켜야만 하는 것은 레이에트 짱의 몸뿐만이 아니다. 그 '마음'도 보호 대상에 포함되어 있다. 프란세트가 그렇게 생각한 것은 당연하다.

그리고 프란세트는 자신이 몸을 숨기고 있던 나무가 아닌 다른 나무를 향해 손가락을 입에 대고서 휘파람을 불었다.

휘이이이이이~~!

그리고 그 나뭇가지에 앉아 있던 까마귀 한 마리가 날아오르더니 프란세트의 머리 위를 빙글빙글 돌았다.

프란세트가 그 까마귀를 향해 두 팔을 교차시키자 까마귀는 도시 중심부를 향해 날아가버렸다.

……그렇다. 그 까마귀는 만약의 사태에 대비하여 프란세트에게 붙여준 전령이었다. 그 까마귀는 간단한 신호 세 가지를 기억할 수가 있다.

까마귀가 날아가는 것을 확인한 뒤 프란세트는 레이에트 짱을 보며 고개를 끄덕였다. 레이에트 짱은 얻어맞은 얼굴과 배, 팔을 힘껏 깨문 턱과 이가 많이 아플 텐데도 필사적으로 견뎌내며 애써 웃어보였다.

그리고 그녀의 속내를 알아차리지 못한 척 프란세트는 등을 돌리고서 고아들에게 다가갔다.

프란세트는 완전히 의식을 잃은 소년의 몸을 일으키고는 손가락으로 입을 벌렸다. 그러고는 포션이 든 작은 금속용기의 마개를 열어 내용물을 입 안에 흘렸다.

그다음에는 의식은 있었지만 중상인 게 분명한 소녀를 마찬가지로 일으키고는 다른 포션을 꺼내 마개를 열어 입에 살며시 대주었다.

"약이야. 어서 마셔!"

사정은 잘 모르겠지만 프란세트가 적이 아니라고 판단했는지 어린 소녀가 시키는 대로 포션을 꿀꺽꿀꺽 삼켰다.

"……안 아파…….."

"어, 어떻게……."

포션을 마신 두 아이들이 어리둥절해했다.

그 외에도 강변에 쓰러져 있는 아이들이 4명이 있었지만, 카오루가 비상용으로 준 포션은 두 병뿐이다. 프란세트가 할 수 있는 일은 이제 아무것도 없다.

"류스, 난 부러진 팔과 다리에 댈 수 있는 나무와 끈을 모아줘! 난 물을 길러올게!"

"알겠어! 가는 김에 강변에 지혈해주는 풀이 없는지 찾아봐줘!"

"알겠어!"

그리고 제정신을 차린 두 아이가 뛰어나갔다.

……고아들이 프란세트보다 더 쓸모가 있을 듯했다…….

**

"……그래서 이게 어떻게 된 일이지……."

"아, 아뇨, 저기……."

"어어어어어떻게 된 일이냐고오오오오……."

까마귀에게서 '긴급 사태 발생, 카오루의 출동을 바란다'는 연락을 받고서 카오루는 전력으로 달려왔다. 그리고…….

……무섭다.

카오루가 무섭다.

주로, 그 눈매가…….

"내가, 뭐라고오오오 했었지이이, 프란세트으으으……."

"저, 저기, 그게, 죄, 죄송합니다!!"

프란세트가 필사적으로 사죄했다.

아무리 생리적 현상 때문에 어쩔 수 없었다고는 해도 호위대상에게서 눈을 뗐다. 불과 몇 분뿐이었지만 이변을 바로 알아차릴 수 없는 곳으로 자리를 옮긴 건 명백한 과실이다.

사실 그런 사태에 대비하여 교대요원을 생각해두지 않은 카오루의 책임도 크다. 그러나 프란세트는 다른 사람에게, 하물며 여신님에게 책임을 전가할 만한 사람이 아니다. 그래서 현장을 보자마자 길길이 날뛰는 카오루 앞에서 찍소리도 못하고 혼쭐이 나고 있었다.

"카오루, 그보다도 어서 레이에트한테 포션을!"

"앗!"

카오루를 호위하고자 벨과 함께 따라온 에밀이 그렇게 말할 때까지 카오루는 그 당연한 것조차도 떠올리지 못했다. 어지간히도 눈이 돌아갔다고 해야 할까, 꽤 동요한 듯했다.

"레이에트 짱, 이걸 마셔!"

아직 다친 고아들이 4명이 있긴 하지만, 카오루가 왔으니 포션의 개수 따윈 이제 헤아릴 필요가 없다. '난 됐으니 다른 애들부터' 하고 고집을 피우는 것이 더 시간낭비다. 카오루의 성격과 현 상황을 보고 그렇게 판단한 레이에트 짱은 묵묵히 포션을 마셨다.

"다행이다……. 그런데 대체 왜…….."

"그전에 다른 애들한테도 포션을 줘!"

"어? 아, 응, 알겠어!"

아무래도 카오루는 뺨이 퉁퉁 붓고, 눈물 자국이 남아 있는 레이에트 짱이 바닥에 쓰러져 있는 모습을 보자마자 다른 것들은 시야 밖으로 죄다 밀어낸 듯했다. 고아들도, 가냘픈 숨을 가쁘게 몰아쉬고 있는 고깃덩어리도, 바닥을 기어 다니고 있는 벌레도…….

**

"그래서 어떻게 된 거지?"

나머지 고아들에게 포션을 먹인 뒤 카오루는 레이에트 짱, 프란세트, 여우에 홀린 듯한 표정을 짓고 있는 고아들, 그리고 땅바닥에 쓰러져 있는 고깃덩어리와 벌레 앞에서 '분노를 애써 억누른 표정'으로 목소리를 낮게 깔아 물었다.

(((((((((무, 무서워…….)))))))))

그리고 프란세트와 레이에트 짱에게서 자초지종을 들은 카오루는 그 다음에 벌레에게서 이야기를 듣기로 했다. 프란세트의 검을 맞아 왼쪽 팔이 날아가고, 나머지 팔과 다리가 부러져버린 남자 말이다. 고깃덩어리는 도저히 말을 할 수가 없는 상태라서…….

"그래서 누구의 사주를 받아 무슨 목적으로 뭘 하려고 했지?"

"………….."

고통과 공포 때문에 얼굴을 잔뜩 일그러뜨리기는 했지만, 어린 아가씨의 살기에 굴복하여 술술 내뱉을 생각은 없는 듯했다.

"그래……."

카오루는 주머니 속에 손을 놓고서는 염화나트륨을 생성해냈다. 그러고는 그것을 움켜쥐고서 주머니 밖으로 손을 꺼낸 뒤…….

"에잇!"

남자의 왼팔 절단면을 향해 뿌렸다.

"끄아아아아아아아~~!!"

(((((((((히이이이이이이익!!)))))))))

프란세트, 레이에트 짱, 그리고 고아들은 악마 같은 짓거리를 목도하고서 몸을 떨었다.

에밀과 벨은 태연했다. 두 사람에게 카오루가 하는 행동은 모두 정의다. 그녀가 무엇을 하든 당연하다고 받아들인다.

……그리고 두 사람은 귀여운 여동생 뻘인 레이에트 짱을 다치게 하고, 고아들을 초주검으로 만든 자들을 향해 조용히 분노하고 있었다. 두 사람은 자기들보다 어린 고아들을 모두 후배라고 생각하고 있다. 모두 남동생이자 여동생인 것이다.

그리고 카오루는 땅바닥에 굴러다니는 남자의 왼팔을 주웠다.

"지금 내가 갖고 있는 포션을 쓴다면 잘려나간 팔을 붙여서 고쳐줄 수 있는데 말이야. 깔끔하게 잘려나갔으니까. ……하지만 절단면이 뭉그러진다면…….."

카오루는 그렇게 말하면서 팔의 절단면을 팔과 함께 떨어져 있던 단검으로 후비기 시작했다.

"그, 그만, 그만해애애애애애~~!!"

그리고 단검으로 손톱을 벗기기도 하고, 아무렇게나 푹푹 찌르기도 하고…….

"그, 그만, 그만, 그만해애애애애~~."

단검으로 잘려나간 팔을 아무리 찌르더라도 고통을 느낄 리가 없다. 그런데 어째서 저토록 몸부림을 치는 걸까?

……그런 의문을 떠올리는 자가 이곳에 있을 리가 없었다.

고아들은 하나 같이 창백해진 얼굴로 부들부들 떨고 있었다.

몇 명은 바닥에 웅크려서 토악질을 하고 있었다.

"아~, 절단면이 이렇게 엉망진창이 되면 안 붙을지도 모르는데……."

카오루가 그렇게 말하면서 더 세게 후비고 있으니…….

"자, 잠깐, 그만둬어! 제발, 치료해줘, 팔을 붙여줘어어!"

그리고 카오루가 대답도 하지 않고 더 후비려고 하자…….

"불게! 뭐든지 불 테니까 그만! 팔을 붙여줘어어어~~!!"

"……그래서 날 조종하기 위해서 우리 식구들 중에서 가장 납치하기 쉽고, 식비도 저렴하고, 목적을 달성한 뒤에는 팔아넘길 수 있는 레이에트 쨩을 노리라고 수도에 있는 고용주가 지시를 했다?"

"아, 예!"

일단 잘려나간 팔을 붙여주자 남자가 순순히 대답했다.

붙였다고는 했지만, 순식간에 치료해준 것이 아니었다. 조금씩 치료해주는 열화판 포션을 끼얹은 뒤 부목으로 고정하고, 붕대로 둘둘 감아줬을 뿐이다. 이대로 꼼짝하지 않는다면 팔이 붙겠지만, 자칫 잘못 움직였다가는 다시 또르르 떨어질 것이다.

……또르르 눈물을 흘리면서.

"흐응, 그랬구나……."

카오루가 감정이 실리지 않은 평탄한 목소리로 말했다.

그 말을 듣고서 고아들은 아, 역시 이 사람은 레이에트를 '어찌 되든 상관없는 아이'라고 여기고 있구나, 하고 생각했다.

"흐응, 그랬구나아……."

빠직.

"흐으으으으응, 그랬구나아아아아……."

""""""까아아아아!!""""""

카오루의 얼굴을 보고 고아들이 울음을 터뜨렸다. 몇 명은 바지에 실례까지 했다. 그리고 두 유괴미수범은 창백해진 얼굴로 경련하고 있었다.

갈비뼈가 부러졌던 남자도 포션 덕분에 손상된 내장이 치유되었다. 그러나 갈비뼈는 아직도 부러져 있다. 지금 그곳을 가격한다면 또다시 부러진 뼈가 내장을 찔러 치명상을 입게 될 것이다. 그래서 아이들이 공격하더라도 저항할 수 없는 상태였다.

그 남자에게는 내장은 멀쩡하니 강력한 진통제가 필요할 거라고 효능을 거짓으로 설명하면서 회복 포션을 건네주었다. 그러나 뼈가 부러졌다가는 것쯤은 본인도 알고 있겠지.

"그럼 이야기를 조금 더 자세히 들어보도록 할까……."

끄덕끄덕끄덕!

압도적인 무력을 자랑하는 뛰어난 검사.

이상하리만치 박력이 느껴지는 무자비한 소녀.

그리고 그 소녀의 잔혹한 언동을 보고도 눈 하나 깜빡이지 않는, 광신도 같은 눈빛을 한 헌터 남녀.

만약 무슨 말실수라도 한다면 전력으로 자신들을 죽이러 달려들, 막대기와 돌을 쥐고 있는 고아들.

자칫 잘못했다가는 살해될 것이다.

살인미수와 유괴미수.

증인이 이렇게나 많으니 경리에게 시체를 넘긴다면 포상금을 받을 것이고 물론 죄는 묻지 않겠지. 그러니 저들이 적에게 자비를 베풀어야만 하는 이유는 없다. 기껏해야 '산 채로 넘겨야 시체를 옮기는 수고를 덜 수 있고, 범죄노예로서 판매되었을 때 판매대금 중 일부를 받을 수 있다'는 이점이 있다는 정도다.

그리고 그조차도 모든 고아들을 지키기 위해서 본보기로 '고아들을 건드린 자들의 말로'를 보여주겠다며 최대한 고통스럽게 죽일 가능성도 충분하다.

무조건 항복하여 반성의 뜻을 보이며 자비로운 마음에 매달린다.

그 이외에 저 두 사람이 살 수 있는……, 아니, 연명할 수 있는 방법은 존재하지 않았다.

**

"결국 흑막을 알아내지 못한 채 끝인가……."

그 뒤에 심문을 하다가 결국 남자들을 경리에게 넘겼다. 포상금과 범죄노예 판매대금 중 일부는 훗날 받기로 했다.

물론 그 돈은 고아들을 위해서 쓸 작정이다. ……그런 거금을 건네준다면 그날 당장 바퀴벌레들 같은 작자들과 다른 고아들이 습격하러 올 테니 어떻게 할지는 여러모로 고민할 필요가 있겠지만……

심문하는 동안에 벨이 로랜드를 불러와줬다. 덕분에 경리와의 대화가 술술 잘 풀렸다. 로랜드의 존재가치는 대외적인 교섭을 벌일 때 편하다는 것 말고는 전무하니 이런 때 이용해먹지 못한다면 평소에 밥을 주고 재워줄 의미가 없다.

프란세트가 일 때문에(레이에트 짱의 호위) 부재 중이라 내 호위를 에밀과 벨에게 맡기고서 혼자 외출했던 로랜드가 '모처럼 활약할 기회였는데……' 하고 불평했지만, 혼자서 외출한 사람의 잘못이잖아? 나에게 불평을 토로한들 알게 뭐야! 더욱이 나와 동행했다고 하더라도 긴급한 상황은 이미 끝난 뒤였고.

어쨌든 로랜드는 누가 보더라도 귀공자로밖에 보이지 않고, 검사로서 제법 강해 보이는 풍체를 지니고 있다. 미성년자나 막 성인이 된 젊은이들로 보이는 소수 평민들끼리 호소하는 것보다는 그가 곁에서 한 마디라도 거들어주는 편이 훨씬 더 잘 먹힌다.

응, 편리한 도구는 쓸 수 있을 때 쓰는 편이 이득이니까.

그래서 고아들을 다독여주고, 유괴미수범들을 넘긴 뒤에 '편리한 가게, 벨'로 돌아왔는데……

"뭐, 실행범한테 모든 것을 다 알려주는 고용주는 없죠. 보통은……"

프란세트의 말대로 그런 짓을 하는 흑막은 없겠지.

뭐, 아직 나를 의심하고 있거나, 혹은 머리나 눈동자 색깔에 관한 새로운 정보를 아직 입수하지 못한 왕궁 관계자, 귀족, 상인들 누군가가 이용해먹다가 버릴 작정으로 범죄자를 고용한 거겠지. 아마도.

나와 연줄을 만들어 무언가를 부탁하거나, 혹은 협박한다.

그 능력과 명성, 그리고 세레스와의 연줄을 이용하여 야망을 이루기 위한 편리한 도구로써 이용한다.

……그건 좋다.

응, 그건 좋아.

그자가 교란 정보에 현혹되지 않은 수완가이든, 교란 정보조차 입수하지 못한 정보무능자이든, 나를 이용하려고 마음먹은 자든 상관없다. 다들 나름대로 자신과 부하, 식구들, 그리고 영민들의 이익을 위해서 필사적으로 움직이는 것이니 그건 좋다.

……그러나 레이에트 짱과 고아들에게 위해를 가하려고 했던 녀석들.

그놈들은 안 된다.

"……아작 낸다."

"예?"

프란세트가 목소리를 살짝 뒤집었다.

에밀과 벨은 묵묵히 고개를 끄덕였고, 로랜드는 어깨만 가볍게 들먹였다.

그렇다. 늘 보던 반응이다. 늘 똑같은……

그리고 그날 저녁, 한 메이드가 '편리한 가게, 벨'에 물건을 사러 왔다. 그리고 돌아갔다. 돈을 지불할 때 은화와 함께 자그마한 쪽지를 건네주고서.

'수도에 있는 귀족이 초청을 함. 주군 귀족인 마스리우스 백작이 소속된 파벌의 수장이기에 거절할 수 없음. 이번 건에 관해 논의할 필요가 있음.'

"……때마침 잘 됐네. 그럼 한바탕, 저질러볼까……."
히죽.

제38장 수도로

"그럼 내가 수도에 머무는 동안에 영지를 잘 부탁합니다."

"예. 잘 다녀오십시오. 아가씨."

어라? 지금 마리알은 자작가 영애가 아니라 자작님인데 아직도 호칭이 '아가씨'라니…….

뭐, 젊은데다가 독신이니 '사모님'도 아니고, 그렇다고 '주인님'이라고 부르기에도 어울리지 않지.

더욱이 사용인들은 '아가씨'라는 호칭이 입에 붙었을 테니 결혼하기 전까지는 '아가씨'라고 부르겠지. 아마도.

어쩌면 결혼한 뒤에도 한동안은 '아가씨'라고 계속 부를지도 모르겠는데? ……사용인들이 다른 호칭이 입에 붙을 때까지는.

주군 귀족인 마스리우스 백작이 소속된 파벌은……, 마리알 자신, 그리고 레이펠 자작가가 소속된 파벌이나 진배없는데……, 어쨌든 명목상 그곳의 수장이자 리더인 후작이 그녀를 수도로 초대했다. 그러나 실상은 소환 명령이므로 그녀는 수도에 갈 수밖에 없다.

마스리우스 백작은 한 발 먼저 수도로 가서 여러모로 사전 작업을 벌이고 있는 듯하다.

그리고 지금 어째서 내가 이곳에 있느냐면…….

"그럼 출발하자. 카오루."

"예, 아가씨!"

그렇게 되었다.

마리알의 연락을 받은 뒤에 우리는 세탁 메이드나 설거지 메이드 등 사용인들 중에서 가장 하급이자 아무도 거들떠보지 않는 자들을 시켜 여러 번 편지를 주고받았다. 그리고 이 작전을 수립하였다.

응, 나는 시녀(레이디스 메이드). 마리알은 물론 여주인. 그렇게 된 것이다.

시녀는 상급 사용인이라서 나이에 비해 특권이 꽤 크다. 메이드장(하우스키퍼)의 인사권이 미치지 않는 등 특별대우를 받는다. 그리고 여주인 곁에 찰싹 달라붙어 있더라도 부자연스럽게 보이지 않아서 여러모로 일을 하기가 편하다.

그리고 그밖에도 장점이 여러 가지…….

프란세트, 로랜드, 에밀은 기마 호위병.

벨은 아이지킴이 메이드(너스).

레이에트 짱은…… 보호받는 메이드?

……으, 그게 뭐야~~!

아니, 벨의 보호를 받는 역할이다. 그 직책은 내가 만들었다.

그리고 또한.

에드를 비롯한 말 4마리는 탑승용 말과 교대용 말.

레이펠 자작가의 호위병이 탄 말과 마리알 및 사용인들이 탑승한 마차를 끄는 말.

이번 임무에 지원한 개와 새들이 무척이나 많았지만, 잘 추려서 정예 팀을 꾸렸다.

좋아, 수도 습격 준비를 확실히 마쳤다.

……아니, 안 할 거지만.

이 진영으로 수도에서 한바탕 행패……를 부리지 않는다.

마리알을 부른 사람은 파벌의 수장인 후작이다. 틀림없이 그는 그녀를 이용하여 자기 파벌이 여신의 가호와 총애를 받고 있음을 주요 귀족과 왕족, 그리고 아마도 신전 관계자들에게 선전하겠지. 후작은 어디까지나 그녀를 '손님을 유인하는 판다', 아니, '손님을 유인하는 귀여운 금지옥엽'으로 여기고 있다.

그래서 어디까지 말해야 되는지, 아니, 모든 것을 털어놓으라고 요구할 테니 궁지에 몰렸을 때 어떻게 해야 좋을지 무척이나 불안하겠지.

레이펠 자작가, 그리고 큰 신세를 진 마스리우스 백작가의 입장을 난처하게 할 수도 없는 노릇이고, 파벌 수장과 왕족, 그리고 신전 관계자들과 다툼이 벌어져서도 안 된다. 그러니 곤란할 수밖에…….

그리고 나는 마리알을 돕고 싶다는 마음, 누군가가 나에 관해 떠들어대는 것을 용납할 수 없다는 마음, 그리고 남몰래 왕도에 잠입하여 레이에트 짱에게 위해를 가했던 녀석들을 '꽈직' 하고 박살 내려는 마음으로 마리알과 동행하기로 했다.

……자기들도 한 몫 끼어달라는 개와 새 군단 중에서 선발한 정

예들과 함께.

물론 눈에 띄지 않도록 우리는 모두 마리알의 호위나 사용인인 척 변장하였다.

레이펠 자작가 수도원정부대 그 자체를 이목에 띄지 않도록 숨긴다는 무모한 시도는 애초부터 포기하였다.

……수십 마리나 되는 개들이 주위를 에워싸고 있고, 수십 마리나 되는 온갖 새들이 상공을 날아다니고 있다. 사방을 경계하고, 수상한 것들을 소탕하며 나아가고 있는 여러 대의 마차 대열을 어떻게 숨기라는 거야…….

아하하…….

다른 사람들은 다른 마차에 타고 있다. 현재 이 마차에는 마리알, 나, 벨, 레이에트 짱만 타고 있다. 마차 안에서 나는 마리알의 질문 공세를 필사적으로 피하고, 기회라는 듯이 레이에트 짱을 독점하려는 벨에게 투덜거리고, 휴식 시간 때는 '어째서 내 등에 타지 않았냐!'며 힘줄을 세우며 화를 내는 에드에게 시달렸다.

그리고 수도에 도착하기 전날.

왔습니다. 드디어 왔습니다. 귀족이 안에 타고 있다고 대놓고 선전하는 마차 대열을 습격하는 바보는 없을 줄 알았건만, 도적들이 기다리고 있었다.

더욱이 수도 인근에서 귀족이 탄 마차를 습격한다면 습격받은 귀족 가문, 그리고 체면을 구긴 왕가와 수도군이 전력으로 보복

한다.

방치했다가는 도적들이 국가를 우습게 보고서 귀족이 탄 마차를 잇달아 습격할 것이다. 타국에서는 무능하다며 조롱할 것이고, 수도를 오가는 마차 운행량이 격감하여 경제가 큰 타격을 입을 테니 당연하다.

그리고 또한······.

'저 녀석들 뒤쪽에 수많은 사람들이 대열을 가지런히 갖추고서서 있어!'

앞쪽에서 초계 활동을 하던 새 한 마리가 날아와 마차 돌기 부분에 낮아 보고했다.

오호······.

"모두를 불러 모아. 폭탄 장전!"

'알겠어!'

"계획 1 다시 C, 맞죠?"

"응, 아마도. 만약에 C가 아니었을 때를 대비하여 2번으로 하자."

"알겠습니다!"

내가 대처 방법을 말해주자 마리알이 호각을 불었다.

마차가 속도를 약간 줄이더니 호위병이 탄 말들이 간격을 좁혔다. 개들도 마차 근처로 모여들었고, 새들이 잇달아 문이 열린 마차 안으로 날아들었다.

"자, 무리하지 말고 자기가 확실히 옮길 수 있는 것만 가져가도록 해."

나는 그렇게 말하면서 '새가 발로 쥘 수 있도록 손잡이가 달린, 온갖 크기의 유리 구체와 부드러운 피막으로 된 구체'를 꺼냈다. 새들은 제각기 감당할 수 있는 물체를 발로 쥐고서는 다시 날아올랐다.

응, 여러 번이나 연습해서 그런지 다들 무난하게 이륙하고 있다.

좋~았어. 한 번 와봐라~!

**

"멈춰~! 멈추지 않으면 모두 죽이겠……."

두두두두두, 써억!

아~, 프란세트가 엄청난 속도로 돌진하여 경고나 말을 전하려고 했던 도적단의 선봉을 단칼에 베어버렸다…….

뭐, 살해예고까지 했으니 도적은 확실하다. 정당방위이니 별문제없다.

"이, 이놈이……."

푹!

"앗! 이, 이야기 좀……."

쓰윽!

"얘, 얘길 들어……."

슥, 푸슉, 바샥!

아, 로랜드와 에밀, 그리고 자작가 호위병들까지 가세했다. 물고기들이 입질하기 무섭게……, 아, 조금 다른가? 어쨌든 도적들이 일방적으로 칼에 베여 쓰러졌다. 실력차가 너무 확연하다…….

"얘, 얘기가 다르잖아! 잠깐, 잠깐만 기다려줘어!!"

샤삭, 푹, 푸슉!

스무 명이 넘는 도적들이 이미 절반 가까이 줄어들었다.

그리고…….

"도망쳐! 퇴각! 퇴가아아아악~~!!"

두목으로 보이는 남자가 그렇게 외쳤다.

……그러나 그가 서 있는 위치까지 우리 편이 이르렀는데…….

"놓칠까 보냐! 후후. 후후후후후후후…….

프란세트, 그렇게 웃으니까 꼭 악당 같다…….

'움직였어!'

새 군단의 전령이 날아왔다. 몸 색깔이 수수하여 눈에 띄지 않는 작은 새다.

"좋아, 공격 개시!"

'알겠어!'

작은 새가 그렇게 대답하고서 힘차게 날아갔다.

좋아, 그럼 후다닥 끝내볼까.

"여러분~, 남은 도적들 중 절반쯤은 포로로 잡아요~! 도적 여러분, 저항하는 사람은 죽일 거고, 순순히 항복하면 포로로 잡을 테니 원하는 쪽을 고르세~요!!"

달각달각달각!

어머, 생존한 도적들 모두가 일제히 무기를 버렸잖아. 근성들이 부족하네…….

그리고 그 무렵.

쾅, 쾅, 콰앙!

""""""""우와아아아아앗!!"""""""

대기하고 있던 1개 소대 보병과 수십 기의 기병들이 출동 명령이 떨어지자 황급히 진군하기 시작했다. 그러나 갑자기 눈앞의 땅에서 폭발이 일어났다. 그 소리에 놀란 말들이 갑자기 멈추거나 진로를 바꾼 바람에 대혼란이 벌어졌다.

……그렇다. '유사 니트로글리세린'이 담긴 유리 구체가 투하되었다.

그리고 또한……

철퍽

철퍽, 철퍽철퍽…….

병사들이 부드러운 무언가에 맞았다.

""""""""우에에에에에엑~~!!"""""""

주변에 엄청난 악취가 퍼져나갔다.

병사들이 토악질을 해댔다.

말들이 반쯤 미쳐서 악취를 풍겨대는 병사들을 등에서 떨어뜨리고자 날뛰었다.

새들이 급강하하여 '엄청난 악취를 풍기는 액체가 담긴, 손잡이가 달린 얇은 피막 재질의 용기'를 잇달아 폭격하여 병사들을 명중시킨 뒤에 기체(機體)를 일으켜 고도를 높였다. 그리고 폭격 성과를 확인한 뒤 현장을 이탈하였다.

병사들은 몸에서 풍기는 악취와 날뛰는 말 때문에 표적에 다가갈 수가 없었다.

만약에 억지로 다가간다면 상대편 말들이 날뛰게 되겠지. 그럼 자신들을 습격자라고 오인할지도 모른다. 애당초 이런 악취를 풍기는 자들을 맞이해줄 리가 없다.

악의를 품고 있는 자들이라고 여길 테지.

그리고 표적이 이쪽으로 다가왔는데, 갑작스러운 대폭발 때문에 병사들이 가도 위에 서서 오도 가도 못하고 있다면…….

틀림없이 적이라고 인식하겠지. 이야기를 들어달라고 부탁하거나, 동행하자는 말을 도저히 꺼낼 수가 없다.

그리고 국왕 폐하의 사자도 아닌, 귀족가의 사병에 불과한 자신들이 일방적으로 명령한다면 어느 귀족이 용납할까? 악의를 품은 습격자라고 오해를 사서 공격을 받아도 이상하지 않을 행위다.

"젠장, 대체 이게 무슨 일이냐! 영문을 알 수 없는 명령에, 영문을 알 수 없는 폭발, 영문을 알 수 없는 새들, 그리고 영문을 알 수 없는 이 악취와 새똥……. 귀족 일행을 습격한 도적들을 죽이거나, 부상을 입히지 말고 쫓아내기만 해라. 그리고 그 일행을 수도까지 호위해라. 이건 다시 말해서 그거잖아? '자작 연출'……. 이런 사악한 음모를 획책한 우리를 여신님께서 불쾌하게 여기시고서……. 으, 설마!"

지휘관의 얼굴에서 핏기가 싹 가셨다.

그렇다. 여신 세레스티느의 심기를 건드린 자의 말로는 어렸을 적부터 누누이 들어왔다. '신화'가 아니라 '실화'로서…….

그리고 이 지휘관도 불과 얼마 전에 어느 도시 귀족가에서 벌어졌다는 여신의 기적담을 들은 적이 있다.

이번 명령이 그 사건과 관련되어 있다는 이야기는 전혀 듣지 못해서 설마 관련이 있을 줄은 전혀 몰랐다. 그러나 분통을 터뜨리다가 무심코 입 밖으로 튀어나온 '여신의 심기'라는 단어 때문에 뇌리에서 귀족, 새, 상식을 초월한 불가사의한 사건이라는 키워드와 함께 최악의 사태가 떠올랐다.

"……조귀족. 아, 안 돼! 작전 중지이이! 당장 가도에서 벗어나라. 지금 당장! 가도에서 보이지 않는 위치까지 이동해라!"

지휘관이 황급히 목소리를 높이자 병력들이 허겁지겁 가도에서 벗어나 숲 쪽으로 이동했다. 질색하는 말들을 억지로 끌고

서······.

**

'먼 전방에 있던 인간들은 도로에서 벗어나 물러났습니다.'

"고마워. 그럼 누군가가 우리한테 해코지를 하려는 기색이 없는지 계속해서 감시해줘."

'알겠습니다.'

이번에 전령으로 날아온 새는 몸집이 조금 큰 새였다. 내가 구체적인 지시를 내릴 것 같아서 뇌용량이 큰, ······다시 말해 영리한 새를 보낸 건가? 단순한 전언뿐만 아니라 조금 복잡한 지시도 이해할 수 있을 만한······, 으, 의외로 머리들이 좋잖아! '새대가리' 아니었나?

역시 이 또한 '온갖 언어를~' 능력을 구현하고자 세레스가 일방적으로 억지를 부렸을 가능성도······. 생각하면 안 돼, 생각하면 안 돼!

"아가씨 전방에 있던 병사들로 추정되는 자들이 길을 열어준 듯합니다. 이대로 그냥 우리를 통과시킬 확률 70퍼센트. 모습을 드러냈을 때 접촉을 꾀할 확률 20퍼센트. 습격할 확률은 10퍼센트 이하라고 생각합니다."

"그런가요······. 그럼 이대로 나아가죠."

내가 적당한 말로 꾸며낸 보고를 듣고서 마리알이 그렇게 판단했다. 그리고 벨이 마리알의 뜻을 마부에게 전했고, 마부는 호각을 불어 다른 마차와 호위들에게 그녀의 뜻을 전달하였다. 모두들 출발 준비를 시작하였다.

생포된 도적 8명은 이미 포박된 채 마차 안에 실려 있다.

식량과 말먹이풀, 그 밖의 소비품을 상당히 소비했고, 상단 마차도 아니라서 우리 마차에는 짐이 가득 실려 있지 않았다. 시종이나 호위들이 탄 마차에도 나름 여유가 있어서 8명 정도는 태울 수 있다. ……그 녀석들의 승차감 따윌 고려해줄 필요도 없고 말이야.

그리고 지금 이 마차에는 5명이 타고 있다.

나, 마리알, 벨, 레이에트 짱, ……그리고 도적 하나.

그렇다. 지금 우리가 탄 마차 안에 도적들 중 하나가 있다.

"자, 즐거운 질의응답 시간이에요!"

아, 아까 그 병사들에게 끼얹은 악취를 지워줄까.

그저 상관이 내린 명령에 따라 움직였을 뿐인데, 값비싼 무기와 방어구에 냄새가 베어버리면 불쌍하니까…….

좋았어. 그들 옆을 지날 때 악취와 오염을 중화하는 약을 살포해주자! 용기 없이 안개 형태로 상공에 생성하면 되겠지.

으음, 자비로운 마음을 잊어서는 안 되지.

**

"흐음, 그럼 우리 앞길을 막고 협박하다가 병사들이 다가오면 아무도 건드리지 말고 달아나기로 했다…….."

끄덕끄덕끄덕끄덕.

"그럼 그 병사들은 한패라는 뜻인가?"

"그, 그건 글쎄……. 두목이 죽어버려서. 우린 두목이 시키는 대로 따랐을 뿐이고…….."

우리 마차에 동승한 도적이 술술 불었다.

'불지 않으면 죽여버린 뒤에 다른 녀석의 입을 열게 할 거다'고 했더니 무슨 영문인지 곧바로 협조해주었다.

더욱이 두목이 죽었고, 생존한 동료들도 모조리 사로잡혔기에 의리를 지켜야할 상대도, 비밀을 지켜야 할 이유도 없겠지. 도적이라는 건 부정할 수가 없으니 범죄노예로서 그나마 편한 작업장에 갈 수 있도록……, 되도록 광산만은 피하고 싶다……, 그런 속셈으로 순순히 협조하기로 마음을 고쳐먹었겠지. 하나도 이상하지 않다.

더욱이 만약에 자세한 내막을 알고 있다면 '전 습격하는 척하라고 부탁을 받았을 뿐, 진짜 도적이 아닙니다. 돈을 받고 고용된 일개 건달에 불과합니다'고 한다면 죄가 가벼워질지도 모른다. 그러니 내막을 숨길 이유가 없다. ……다시 말해 죽은 두목을 제외하고 다들 아무것도 모른다는 뜻이지.

……망했다. 두목을 생포했어야 했는데…….

그러나 뭐, 그때는 누가 두목인지 몰랐고, 나타난 적들을 섬멸하는 게 우선이었다. 프란세트라면 모를까 다른 호위들이 다치거나 죽을 위험성이 있었으니까. ……그렇다. 로랜드와 에밀을 포함하여.

더욱이 도적의 증언 따위 '목숨이 아까워서 거짓말을 적당히 꾸며냈을 뿐'이라며 묵살당할 가능성이 높겠지.

뭐, 상대가 마리알에게 위해를 가하려고 한 것이 아니고 그저 마음의 빚을 지워서 자기 쪽으로 끌어들일 계기를 만들고 싶었을 뿐이니 별일은 아니다.

더욱이 흑막이 누군지 확인하고 싶을 뿐이라면 진실을 말할지 어떨지 알 수 없는 도적에게 물어볼 필요가 없다. ……도적이 의뢰주에게서 들은 이름이 진짜 이름인지도 알 수 없으니까.

범죄자를 고용할 때 자신이 적대하는 파벌에 속한 귀족의 이름을 대는 건 흔한 수법이다. 그러니 정확하게 알아낼 수 있는 방법을 써야만 한다.

응, 3마리쯤 붙여두었다.

그 병사들이 어디로 가서 누구에게 보고하는지 확인하기 위해서.

까마귀는 머리가 꽤 영리하다. 개개인을 식별할 줄 알고, 꽤 오랫동안 기억할 수 있다. 그러니 밑져야 본전이라는 심정이니 혹여나 이번 사건의 의뢰주를 알아낸다면 횡재라고 할 수 있겠지…….

**

"도착했습니다."

마리알이 창밖으로 머리를 내밀어 앞쪽을 보다가 그렇게 말하고서 다시 머리를 집어넣었다.

우리도 잇달아 창밖으로 머리를 내밀어 앞쪽을 쳐다봤다. 좌우로 길게 뻗은 석벽과 그 벽 너머에 보이는 석조 거리, 그리고 성과 신전으로 추정되는 건물들이 보였다.

……그렇다. 이 나라의 수도는 강고한 성벽이 에워싸고 있는 성곽도시였다.

"우와, 크다……."

레이에트 짱이 말한 대로, 레이에트 짱이 아는 유일한 국가중추도시, 다시 말해 '레이에트의 아틀리에'가 있었던 유스랄 왕국의 왕도 리테니아보다도 큰 것 같다.

상인의 힘이 강한 나라인 듯하니 상업이 번성했을 테고 경제력이 강하겠지. 그러니 대국이라고 해야 하나? ……군사대국과는 다른 느낌인가?

그러나 경제력이 없는 군사력은…….

아, 아니, 궁핍하더라도 국가예산의 대부분을 군사비에 투입하는 나라도 있으니까.

그럼 수도의 크기, 성곽의 규모는 국력과 별 관계가 없는 걸까?

으~음, 어렵네…….

……좋았어. 이건 그만 생각하기로 하자. 시간 낭비다.

자, 수도에 도착했는데 뭘 할까?

마리알 일행(우리도 포함하여)은 레이펠 자작가의 주군 귀족인 마스리우스 백작가의 수도 저택에서 신세를 지기로 했다.

가난한 자작가는 수도에 저택을 마련할 만한 여유가 없다. 대개는 귀족용 고급 여관에 묵는데, 이번에는 그럴 수가 없다.

수도에 도착하자마자 남들처럼 그런 여관에 묵는다면 '여신의 금지옥엽', '조귀족' 등으로 불리는 마리알과 접촉하고자 귀족이나 상인, 종교관계자, 일확천금을 노리는 사기꾼, 정보를 입수한 타국 사람 등 온갖 녀석들이 들이닥칠 것이 뻔하니까. 같은 파벌에 속한 귀족 녀석들은 의지가 되기는커녕 오히려 가장 음흉할 것 같고.

그러니 경비를 절약하기 위해서가 아니라 마리알의 안전을 위해서 마스리우스 백작이 자신의 수도 저택에 머물라고 강권했다고 한다. 그리고 백작이 그 이유를 설명하자 토를 다는 자는 없었다. 그래서 일행은 마스리우스 백작의 수도 저택에 묵기로 바로 결정했단다.

그래서 마리알 일행의 안전은 일단 확보되었다. 파벌 귀족과 만나거나, 그 녀석들이 마리알을 데리고서 왕궁이나 신전, 그리고 대상단을 돌아다닐 때를 제외하고…….

물론 우리는 시종이나 호위 자격으로 마리알을 수행하고 있으니 그때도 함께 할 것이다. 귀중한 수행 인원을 줄이면서까지 우리를 끼워줬으니 의무를 다해야만 한다. 그리고 애초부터 마리알과 동행하기로 한 이유는 그녀가 난처해졌을 때 돕기 위해서다.

아무리 카를로스의 부탁으로 마리알을 구했다고 하더라도 우리가 저지른 일 때문에 이렇게 고생하고 있으니 뒤치다꺼리는 해줘야…….

뭐, 그쪽은 됐다, 그쪽은.

쏟아지는 불똥을 털어내기만 하면 될 뿐이니까.

문제는 마리알의 수행원이 되면서까지 수도행을 결심한 가장 큰 이유.

그렇다. 레이에트 짱을 다치게 하고 납치하려고 했던 녀석들의 정체를 밝혀낸 뒤에 그 녀석들과 긴밀한 '대화'를 나눠야만 한다.

나만 노렸다면 그나마 납득할 수 있다.

나를 직접 노렸다면 그 녀석을 섬멸하고 끝장내면 될 뿐. 다시 말해 치명상만 입히면 족하다.

그러나 이번에 녀석들은 내 주변에 있는 소중한 사람들을 노렸다.

그리고 고아들을 다치게 했고 죽일 뻔했다.

그놈들은 안 된다.

그들은 그 동네에까지 마수를 뻗었다. 표적으로 삼은 '사도님'과 거의 확실하게 접촉한 것으로 보이는 마리알이 자기들의 근거지인 수도까지 왔는데, 음모를 꾸미지 않을리가 없다.

그리고 그들은 그 '사도님' 본인이 수행원으로서 동행했다는 사실을 알 턱이 없다.

마리알을 수중에 넣고서 이용하고자 접근해오는 녀석들.

그 안에는 마리알 본인뿐만이 아니라 '사도님'에게 관심을 있어서 그녀에게서 정보를 캐내려는 자들이 있다.

그 녀석들을 아작낸다. ……꽈직.

더욱이 '사도님'이나 그 관계자를 건드리려는 자가 두 번 다시 나타나지 않도록 널리 알려질 수 있게끔 충분한 공포와 위압을 동반한 방식으로…….

일반 민중에게 알려질 필요는 없다.

애초부터 일반인들은 세레스나 그 관계자에게 무례한 짓을 저지를 생각 따윈 눈곱만큼도 하지 않을 테니까.

고작 인간들 사이에서 한줌도 되지 않는 돈과 권력을 쥐고 있을 뿐인데, 여신의 관계자도 자기 생각대로 이용할 수 있으리라 여기는 어리석은 자들.

그자들이 돈과 권력으로 구축한 그 잘난 정보망으로 '그 정보' 를 얻었을 때…….

후하.

후하하하하하하하!

"……슬슬 성문을 지날 때인데요?"

이러면 안 되지. 잠시 환각에 빠졌다……. 벨에게 주의를 듣고 말았네.

자, 드디어 수도다.

물론 귀족이 탄 마차 대열은 입문 심사를 받기 위해서 줄을 서지 않는다.

앞서 간 시종이 미리 신고를 끝마쳐뒀기에 마차는 그냥 통과했다. 그리고 미리 대기하고 있던 마스리우스 백작가 안내인이 선도해주었다.

마스리우스 백작가의 저택은 레이펠 자작가 사람들도 알고 있다. 그러나 이건 중요한 손님을 맞이하는 의례의 일환임과 동시에 마스리우스 백작가에 가는 동안에 마리알에게 접촉하려는 자들을 견제하기 위한 수단이기도 하다.

초대한 가문이 보낸 선도자가 안내하는 마차 대열을 막아서는 것은 엄청난 무례다. 습격자로 간주되어 바로 공격을 받더라도 할 말이 없다. 그리고 그런 짓을 저지른 일당과 주모자는 극형에 처해진다.

수도에서 귀족을 습격했으니 당연한 처사다. 국왕과 이 나라의 주요 귀족들, 그리고 수도의 유력 상인들과 수도경비군 등 모든 사람들의 얼굴에 먹칠을 한 셈이니 상당한 고위 귀족일지라도 그냥 넘어가지는 못한다.

……다시 말해서 잡벌레를 쫓아내는 효과가 뛰어나다는 뜻이다.

사실 마스리우스 백작가의 문장(紋章)을 건 선도마와 두 기의 호위기병, 그리고 그 뒤를 따르는 레이펠 자작가의 마차 대열을 아쉬워하며 쳐다보는 '잡벌레 같은 녀석들'의 모습이 보였다.

마스리우스 백작은 딸과 같은 귀여운 부하 귀족에게 무르지만, 유력귀족답게 주도면밀한 움직임을 보여주었다.

음음, 아무래도 마리알이 마스리우스 백작 저택에 있는 동안에 그녀를 지키기 위해서 전력을 할애할 필요는 없어 보였다. 모든 전력을 '적'을 조사하는 데 투입할 수 있을 거 같다.

……그렇게 생각하고 있으니 벨이 말을 걸었다.

"이토록 많은 개들과 하늘을 선회하는 새떼에 에워싸여 있는 집단을 건드릴 용기가 있는 사람은 별로 없을걸요?"

아, 그 녀석들은 '아쉬워'한 게 아니라 '망연자실', '경악'한 거였나?

뭐, 어느 쪽이든 상관없지. 별반 다를 거 없으니.

＊＊

그리고 도착했습니다. 마스리우스 백작가 수도 저택.

마리알을 위해서 사전 작업을 해두고자 앞서 수도에 갔던 마스리우스 백작이 마리알 일행을 맞이해주었다. 모두 저택 안으로 들어갔다.

앞서 시종을 보내놨기에 언제든지 목욕을 할 수 있도록 준비가 되어 있었다. 마리알은 그대로 욕탕으로 안내를 받았다.

목욕을 할 때 백작가 사용인이 수발을 들려고 했으나 마리알이 크게 반대했다. 결국 마리알의 시녀가 수발을 들기로 했다.

……응, 나, 벨, 레이에트 짱 말이다.

백작가 사용인이 수발을 든다면 우리가 목욕을 하기 어려울 거라고 생각한 마리알이 배려를 해준 것이다.

그야, 사용인에게 빈객용 욕탕을 쓰게 하는 귀족은 없겠지…….

마리알은 자기 혼자서 욕탕에 몸을 담그고, 우리……라고 해야 하나, 내가 물이 담긴 세면기에 수건을 적셔서 대강 몸을 닦는 꼴은 두고 볼 수가 없었던 듯하다.

……뭐, 그야 그런가.

아무리 우리가 주인과 시녀를 연기하고 있고, 마리알이 그대로 잘 따라줬다고는 해도 그녀가 여신님이 소홀히 대접받는 걸 용납할 수 있을 리가 없다. 주종 놀이도 내가 '꼭 필요한 일이다. 이건 신의 뜻이다'라고 했기에 따르고 있을 뿐이다. 그래서 그녀가 진심으로 연기를 하는 거니까.

그래서 우리에게 수발을 들게 한다는 핑계로 함께 욕탕에 몸을 담글 작정이었던 거겠지. ……벨과 레이에트 짱은 어디까지나 덤이지만.

솔직히 고맙다. 그래서 마리알의 호의를 기꺼이 받아들이기로 했다.

……'여신님과 함께 목욕. 크훗. 크흐흐흐흐……' 하고 중얼거리는 이상한 목소리는 못 들은 척 하고서.

프란세트는 호위 기사이므로 함께 욕탕에 들어갈 수는 없다. 미안하지만 이번에는 양해를 구하도록 하자. 딱히 나쁜 마음이 있어서 그런 건 아니다. 어쩔 수 없을 뿐이야. 응.

……목욕이 어땠는지는 말하고 싶지 않다.

마리알과는 이제 두 번 다시 함께 목욕하지 않겠다.

**

목욕을 끝낸 뒤 마스리우스 백작과 작전회의를 벌였다.

회의 참석자는 백작, 백작의 두 부하, 마리알, 나, 벨, 레이에트 짱.

벨은 내 호위로서 붙어있을 뿐이고, 레이에트 짱은 홀로 내버려둘 수가 없어서 함께 있을 뿐이다. 이 회의와는 전혀 관계가 없다.

백작은 우리 세 사람이 동석하자 떨떠름한 표정을 지었다.

당연하다. 백 보 양보해서 시녀인 나는 동석할 수 있다고 쳐도, 아이지키미 메이드인 벨과 그리고 보호받는 메이드인 레이에트 짱이 왜 회의에 동석하는 건가? 작전회의에 호위가 동석하는 것은 불필요하다며 프란세트와 로랜드, 에밀을 제외한 의미가 거의 없다.

뭐, 우리 쪽 사람이 너무 많으면 보기가 안 좋을 것 같아서 그 세 사람을 제외할 수밖에 없었지만.

"……응? 그자는……."

어머, 백작님. 내가 누군지 알아차렸나?

"아, 예, 마리……, 레이펠 자작가에서 뵌 적이 있습니다."

이런, '마리알네 집'이라고 할 뻔했어!

그러나 레이펠 자작가의 사용인들은 모두 마리알을 '아가씨'뿐만이 아니라 '마리알 님', '마리알 아가씨'라고도 부르니 문제는 없겠지. 무심코 평소처럼 호칭하려다가 다른 가문에 있다는 걸 깨닫고서 황급히 말을 고쳤다고 여겨주겠지.

"그 뒤에 이 아이가 가지고 있는 뛰어난 지혜를 눈여겨보고 시녀로 고용했습니다. 절 여러모로 도와주고 있죠."

마리알이 그렇게 대응해준 덕분에 백작이 납득한 듯하다.

"흐음, 뭐라고 했더라? 분명히, 타, 탐……."

"진실을 찾고(探), 살피는(偵) 자. '탐정(探偵)'입니다."

진실은 언제나 하나!

그리고 그 뒤에 작전회의가 시작되었다.

백작이 내가 누군지 떠올려주었고, 그리고 마리알이 잘 대응해준 덕분에 모두들 나를 수발만 드는 평범한 시녀가 아니라 그녀의 참모도 겸하고 있다고 인식해주었다. 그래서 암묵적인 양해를 구하여 나에게도 회의에서 발언할 수 있는 권리가 인정되었다……고 생각한다. 분위기를 보아하니 그런 것 같더라고.

좋아. 뜻밖의 행운이다!

그리고 회의 내용은…….

백작의 이야기에 따르면 마리알을 왕도로 호출한 '파벌의 수장'은 완전히 하늘을 날아다니는 기분을 만끽하고 있단다.

국왕을 실질적인 수장으로 삼는 왕족파, 상업 길드를 배후에
두고 있는 상인파, 신전에 빌붙은 종교파, 그밖에 여러 파벌이 있
는 이 나라의 정재계에서 그다지 눈에 뜨지 않는 중견 파벌. 그곳
이 마스리우스 백작과 레이펠 자작이 소속되어 있는 파벌이다.

그 파벌의 수장은 자기가 거느리고 있는 귀족 가문에서 '여신의
총애를 받은 금지옥엽'이 나왔으니 경사도 이런 경사가 없겠지.
이걸 발판으로 삼아 세력을 확대한다면 최대파벌로 성장할 수 있
을 거라며 흥분하고 있다고 한다.

……아~아.

그래서 마리알을 간판으로 내세워 세력을 확대하고자 여러 일
들을 획책하고……, 아니, 아니, '기획'하고 있단다.

먼 옛날에 우연히 왕이 된 가문의 피를 이어받았을 뿐 기적을
일으키거나 여신님과의 연줄도 없는 평범한 사람인 왕족, 그리고
여신의 신탁을 받지도 않은 평범한 인간인 종교인보다도 실제로
기적을 일으킨 바가 있는 '여신의 금지옥엽'이 훨씬 더 잘 먹히겠
지. 귀족들에게도, 신전 관계자들에게도, 상인들에게도, 그리고
일반 사람들에게도…….

응, 업고 다니며 자랑할 만도 하지.

"파벌의 수장인 세리드라크 후작은 마리알을 데리고서 신전이
나 상단을 돌아다니며 신분을 따지지 않고 사람들을 자기 파벌로
끌어들일 작정이다. 물론 그자들과 직접 교류를 하는 하급 귀족,
중급 귀족도 포함하여……."

141

당연한 공격법이지. '터무니없이 강력한 무기를 손에 넣은 자'
로서…….

"그리고 물론 다른 파벌은 마리알을 자기 쪽으로 끌어들이려고
하고 있지. 수단과 방법을 가리지 않고 말이다. 상황에 따라서는
나도 자기 파벌로 끌어들이려는 속셈인 듯하더군. 하하하……."

백작이 힘없이 웃었다.

아마도 다른 파벌들은 마스리우스 백작과 레이펠 자작가가 그
저 주군 가문과 부하 가문이라는 정치적이고 권력적인 상하 관계
로만 묶여 있다고 여기고 있을 것이다. 그래서 가문을 막 물려받
은 마리알에게 주군인 마스리우스 백작가를 향한 충성심은 거의
없다고 짐작하고 있겠지.

그래, 마리알이 어렸을 적부터 마스리우스 백작의 귀여움을 받
아왔고, 처음부터 강고한 신뢰와 충성심을 품고 있으리라고는 짐
작조차 하지 않았겠지.

그리고 백작과 함께 자기 파벌로 끌어들인다는 방안은 백작이
현 파벌에서 어떤 위치를 점하고 있고, 그리고 어떤 사정으로 그
파벌에 소속되었는지 등 깊은 사정을 모르는 한 섣불리 제안할
수가 없다.

……다만 아까 백작이 힘없이 웃는 것으로 보아 그가 파벌을 바
꿀 가능성은 없는 듯했다.

"그리고 귀족 파벌들뿐만 아니라 왕궁이나 신전도 마리알을 직
접 끌어들이려고 애쓰고 있고, 상인들은 마리알의 명성을 장사에

이용하고자 직접 접촉하려고 혈안이 되어 있는 듯하구나. 난 마리알이 우리 파벌의 수장인 세리드라크 후작과 만날 때 주군 귀족이자 후견인으로서 동석하겠지만, 그 뒤에 후작이 마리알을 이리저리 끌고 다닐 때는 함께할 수가 없다. 그때 이상한 약속을 억지로 맺거나 꼬투리가 잡히지 않도록…….”

“저희들이 보좌하라는 뜻이죠?”

“음, 부탁한다. 그리고 특히 혼담이나 운영자금을 지원해주겠다거나 무녀가 되라거나 왕궁 파티에 참석해달라거나 혼담 등은 절대로 넘어가지 않도록 주의해다오.”

백작이 그렇게 말하며 우리에게 신신당부했다.

……그러나 ‘혼담’을 두 번이나 강조한 건 어째서?

중요해서 두 번 말했다. 뭐, 그런 건가?

**

백작과 여러모로 논의를 한 뒤에 해산했다.

자못 ‘귀족의 만찬’다운 저녁 식사를 끝낸 뒤 각자 방으로 향했다.

나중에 마리알이 말해줬는데 귀족이라고 해서 매일 저녁마다 잘 차려먹는 건 아니라고 한다.

축하할 일이나 손님이 올 때만 그렇게 먹는단다.

……그야 그런가? 매일 저녁마다 그렇게 먹으면 비용 문제 이

전에 병에 걸려서 요절할 테니까!

　우리는 사용인이라서 물론 개인방이 아니라 공동방을 쓴다.

　나, 레이에트 짱, 벨, 프란세트가 같은 방을 썼다. ……남자들은 몰라.

　벨이 레이에트 짱과 같이 자는 권리를 강하게 주장하길래 양보했다. 나는 언제든지 같이 잘 수 있으니까.

　기사인 프란세트는 적지에서 방심할 만한 녀석이 아니다.

　책상을 문 앞으로 옮기고서 그 위에 꽃병을 올려둔 뒤 본인은 창문 아래에 앉아 검을 안은 채로 한쪽 무릎을 세우고서 선잠을 잤다.

　……응, 그럴 줄 알았어.

**

　이른 아침에 일어나보니 문 앞으로 옮겼던 책상은 원래 위치에 돌아간 뒤였다. 검이 든 검집을 왼손으로 든 채로 프란세트가 내 얼굴을 물끄러미 쳐다보고 있었다.

　……얼굴과 얼굴 사이가 10센티미터쯤 떨어져 있다.

　무서워!

　무심코 비명을 질렀다아아아!!

　그리고 두 번 다시 이러지 말라고 설교

했더니 불만이 가득한 표정을 지었다.

젠장. 다음에는 내가 해줄 테야! 심장이 멎는 게 어떤 맛인지 한 번 느껴봐라아아!!

그리고 아침 식사.

꽤 양이 많았다.

이 세계에서는 다들 아침이 이르다. 농민이나 사냥꾼, 나무꾼, 여행자 등 야외에서 점심을 먹어야 하는 사람들은 한 끼니를 때우자고 시간과 식재료와 물을 대량으로 소비할 수가 없다. ……물론 야외에서 활동하는 병사들도.

그래서 아침을 배불리 먹고 점심은 간단히 때운다. 그리고 저녁을 약간 이른 시간에, 다 함께 느긋하게 즐기면서 먹는다. 그것이 이 세계 사람들의 통념이다.

……응, 일본 풍습에 익숙한지라 이 세계에 온 지 5년 가까이 지났는데도 아직도 아침을 배불리 먹는 게 조금 거북해…….

뭐, 요 5년 동안에 아침은 주로 내가 차렸기에 늘 일본에서 먹던 양으로 아침을 먹어왔다. 그러니 애초부터 이 세계의 방식에 적응하려는 시도조차 하지 않았을 뿐이지만.

그러나 귀족들은 손님이 있을 때 먹지 못할 양을 대접하는 것이 보통이다. 그러니 남기더라도 문제없다.

"그건 마리알 님과 귀족님들의 식탁 이야기에요! 우리 사용인들은 앞에 나온 식사를 모두 비우는 게 예절이라고요!"

프란세트가 옆에서 그렇게 지적했다.

어제 만찬 때는 노고를 치하하고, 마리알을 안정시키고자 우리도 초대를 받았지만, 그 뒤에는 물론 사용인이 주인과 같은 식탁에 앉는 일은 없었다.

……응, 알고 있었다.

그래서 나는 하는 수 없이 내 접시와 거의 빈 프란세트의 접시를 재빨리 바꿨다.

……어이가 없다는 얼굴로 쳐다보지 마!

넌 연비가 나빠서 이 정도로도 부족하잖아. 서로 윈윈 아냐!

그리고 다 함께 파벌의 수장을 만나러 갔다.

……단 벨과 레이에트 짱을 빼고.

시녀인 나와 여성 호위(옷을 갈아입거나 용변을 볼 때도 마리알을 따라갈 수 있다)인 프란세트라면 모를까, 아이지킴이 메이드와 보호받는 메이드가 따라가는 건 역시나 경우가 아니지…….

로랜드와 에밀은 마차를 호위하는 병력에 끼었다. 회의 중에는 호위 대기실에서 만약의 사태에 대비하겠지.

내일부터 수장이 마리알을 이리저리 끌고 다닐 때는 나와 프란세트가 동행하는 게 고작이겠지.

우리 쪽에서 남자 호위를 더 붙인다면 수장, 그리고 수장의 휘하들을 믿지 못하겠다는 뜻이니까. 그건 수장이 받아들일 수 없는 커다란 모욕이다.

제39장 밀당

"오오, 잘 와주었다! 내가 바로 세리드라크 후작이다!"

마스리우스 백작가와 레이펠 자작가가 소속된 파벌의 리더인 세리드라크 후작.

환갑을 넘긴 할아버지였다. 현대 일본이었다면 아직은 정정한 나이라고 할 수도 있겠지만, 이 세계에서는 상당히 노쇠한 축에 속했다. 피부도 많이 쭈글쭈글했다.

마스리우스 백작이 준 정보에 따르면 세리드라크 후작은 가문 대대로 파벌 수장직을 맡아왔다. 그래서 그리 큰 야망도, 패기도 없이 중도 정치의 뜻을 마음속에 품고서 어느 한쪽으로도 치우치지 않는 중립을 관철해왔다. 그는 비교적 온건하고 작은 파벌의 대표에 불과하다. ……그래, 지난달까지는.

자신의 파벌 안에 '여신 세레스티느의 총애를 받은 금지옥엽'이 느닷없이 탄생했을 뿐만 아니라 그 소녀가 귀엽고 젊은데다가 미혼이고 귀족 당주이다. 세리드라크 후작 입장에서는 트리플은커녕 로열 스트레이트 플러시가 손에 들어온 셈이니 야망의 나래를 펼 수밖에 없겠지.

그래, 세계정복……까지는 아니겠지만, 자기가 이끄는 파벌의 대약진을 꾀하고 있을 것이다.

아니, 딱히 그게 나쁘다는 뜻은 아니다. 정치가라면, 그리고 파벌을 이끄는 대표라면 파벌에 소속된 귀족들과 그리고 나라를 위해야만 한다. 그러니 자기들의 세력을 넓혀서 옳다고 믿는 정책을 추진하고자 애쓰는 것이 당연하다. 딱히 나무랄 만한 이유는 없다.

……그게 한 소녀를 이용하는, 조금, 아니, 상당히 치졸한 방식이 아니라면.

뭐, 그렇다는 말이다.

그리고 후작의 공격이 시작되었다.

역시나 고령인 후작 본인이 마리알을 차지할 생각은 전혀 없는 듯했다. 그러나 자신의 손자나 파벌 내 유력 귀족의 자식과 짝을 지어주거나, 혹은 '그런 목적'으로 열리는 파티를 열겠다는 이야기가…….

그리고 마리알은 '가족을 잃은 지 얼마 되지 않아서 지금은 아직 그럴 생각이…….', '지금은 영지 내 혼란을 수습하는 게 급선무입니다' 하고 말하며 교묘히 빠져나갔다.

후작이 잇달아 말의 화살을 쏘았지만 마리알은 요리조리 회피했다.

굉장해……. 귀족, 무섭구나!

거처를 후작 저택으로 옮겨 수도에 오래 머무는 것이 어떠냐는 권하자 아무것도 모르는 상태에서 이어받은 영지를 장악하는 게 최우선 사항이라고 말하며 회피했던 마리알도 파벌 귀족을 소개

받는 행사와 왕궁 방문, 그리고 유력 상인들과의 만남은 역시나 거절할 수 없었다. 그것들은 소녀 마리알이 아니라 레이펠 자작가로서의 업무이자 의무이다.

그리고 내일부터 시작되는 그 행사에서는 마스리우스 백작의 지원 사격을 바랄 수가 없다.

**

"지쳤어요……."

그리고 겨우 전투를 끝마치고서 우리는 해방되었다.

지쳤다는 한 마디로 오늘 전투를 갈무리하는 마리알, 너무 굉장하잖아…….

"뭐, 후작과는 우호관계를 유지해둘 필요가 있으니까. 그렇지 않으면 파벌 전체를 적대하게 될 테고, 방패를 잃어버린 마리알한테 온갖 잡귀들이 일제히 달려들 테니까……."

그렇다. 마스리우스 백작이 말한 대로 초장부터 세리드라크 후작과 싸워서는 안 된다.

그가 단순한 파벌 구성원이라면 다소 반목하는 것쯤은 상관없지만.

귀족끼리는 이해득실을 두고서 대립하는 경우가 많기에 아무리 같은 파벌이라고 하더라도 모두가 사이좋게 지내는 건 아니다. 그러니 점수만은 확실히 따놓아야만 한다.

……그리고 그것이 지금 끝났다.

이제 남은 것은 마리알에게 호의적인 귀족에게는 우호 관계를 맺고, 해가 될 것 같은 귀족은 상대하지 않고 거리를 두는 것이다.

어떤 파벌을 멀리하라는 이야기가 아니다. '파벌 속에서 악의를 드러내는 자와 거리'를 두는 것뿐이다. 그건 개인적이라고 해야 할까, 각 귀족 사이의 이야기이니 파벌과는 전혀 관계가 없다.

그건 마리알 마음대로 하면 된다.

상대 귀족, 그리고 동석한 세리드라크 후작이 어떻게 나올지는 모르겠으나 그건 큰 문제가 아니다.

……무엇 때문에 나와 프란세트가 마리알을 수행하고 있다고 생각해?

**

"오오, 잘 와줬다. 자자, 어서 안쪽으로……."

이튿날 세리드라크 후작과 그 수하, 호위들과 함께 우리……, 다시 말해 나, 마리알, 프란세트, 세 사람은 파벌 귀족들을 만나러 돌아다녔다.

모두를 모아놓고 한 자리에서 만나 인사를 나누면 간편해서 좋지 않나?

그렇게 생각했지만 그런 자리를 마련하면 정말로 인사만 하고 끝나기 때문에 안 된단다. 일부러 마리알을 수도까지 부른 의미가 없다고 한다.

……다시 말해서 이 순회 인사는 오해할 여지없이 '그런 의미'가 담겨 있다는 뜻이다.

"마리알 폰 레이펠 여자작입니다. 잘 부탁드립니다……."

마리알의 이름은 모두가 알고 있을 테지만, 예의상 우선 이름부터 밝혀야하니까.

물론 일개 사용인과 호위인 우리는 자기소개 따윈 하지 않는다.

그리고 세리드라크 후작은 간단히 서로를 소개해준 뒤 부모님과 오빠를 잃은 마리알이 레이펠 자작가를 승계했다는 것, 그리고 레이펠 자작가가 지금껏 자신의 파벌에 소속되어 있었다는 것 등 상식적인 범위 안에서 그녀의 이력을 설명했다.

여신님과 관련된 이야기는 일절 언급하지 않는다.

그것은 제각기 개별적으로 접촉하여 본인이 책임을 지고서 교섭해야만 하는 사항이다. 파벌의 새로운 구성원을 소개하고, 세리드라크 후작이 동석하고 있는 이 자리에서 눈빛을 반짝이며 치근덕거려서는 안 된다.

어디까지나 지금은 같은 파벌 구성원으로서 안면을 익히고 '그때'를 위해 우호관계를 맺어야하는 시간이다. 바보가 아닌 한 이상한 소리를 내뱉을 리가 없다.

그리고 마리알은 여태껏 해온 대로 무난하게 인사를 끝마쳤다.

같은 파벌에 소속된 귀족들 중에는 부당한 이득을 누리고자 도적들과 기사들로 사기를 치려고 했던 인간은 없다.

그야 그렇겠지. 같은 파벌에 소속되어 있어서 입장이 유리하고, 금세 안면을 익힐 기회가 생길 텐데 요상한 계략을 쓰면서까지 위험을 무릅쓸 리가 없다. 그런 계략은 접촉할 기회가 없는 녀석들이나 꾸미는 것이다.

……그리고 범인은 이미 밝혀져 있다.

새 군단 소속 새들이 그 기사를 은밀히 추적하여 행선지를 알아냈다. 그러나 새는 문패를 읽을 줄 몰라서 추후에 에밀에게 시켜서 저택 주인이 누구인지 확인해뒀다.

그러나 그쪽은 그다지 신경 쓸 필요가 없다.

수법은 조금 비겁하지만 커다란 악의나 적의가 있었던 건 아니니까.

도적을 고용하기는 했지만, 어디까지나 '마음의 빚을 지워서 가까워지고 싶다'는 생각으로 벌인 짓일 뿐이다. 딱히 우리에게 위해를 가하려고 했던 건 아니다. 그러니 그 계략이 실패했다면 또다른 방법으로 접촉을 꾀하려고 하겠지. 마리알과 우리에게 위해를 가하지는 못하지만, 위기감을 살짝 고조시킨 뒤 나중에 구원의 손길을 내미는, 조금 비겁한 사기꾼…….

그 정도쯤이야 귀엽게 봐줄 수 있지.

……하지만 그 수법을 폭로하여 꼼짝 못 하게 만들어주마. 다른 귀족의 약점을 쥐면 마리알에게도 요긴할 테니까. 조금 기대가 되네.

……문제는 다른 쪽이다.

고아들을 초주검으로 만들고, 레이에트 짱을 다치게 한 녀석들을 고용하고, 지시를 내렸던 녀석.

그놈은 절대로 용서 못해!

아무에게도 발각되지 않았다고 생각하고 있겠지만, 엿장수 마음대로는 안 된다.

하늘이 알고 땅이 알고 내가 알고 네가 안다!

"마리알 폰 레이펠 여자작입니다. 잘 부탁드립니다……."

인사를 하러 다음 귀족가로 이동했다.

이번에는 백작가인가?

지금껏 그래왔던 것처럼 후작이 레이펠을 소개하고 있는데…….

"자작은 이제 곧 성인이 된다고 했던가? 그리고 가문을 급하게 승계 받느라 귀족 당주로서 교육을 변변히 받지 못했다고 들었네만……. 이거 하루라도 빨리 남편을 맞이해서 가문의 체제를 반석 위에 올리는 것이 급선무겠구먼. 그래서 하는 얘기인데 우리 아들은 어떠한가? 차남, 삼남한테도 영지 경영을 가르쳐놨으니 영지에 관한 건 안심하고 모조리 맡겨도 되네!"

응, 다른 귀족가와 마찬가지로 인사하는 자리에 부인과 자식들까지 대동시켰으니 당연히 그런 이야기가 나올 줄 알았지.

그러나 다른 귀족들은 그렇게까지 노골적으로 말하지 않았다.

기껏해야 '비슷한 또래이니 친구로 지내는 게……' 하고 조심스럽게 말을 꺼낸 수준이었다.

"아뇨, 부모님과 오라버니가 세상을 떠난 지 얼마 되지 않아서 아직 그럴 마음이……. 한동안은 가족들을 애도하고 싶어서……."

마리알은 미리 생각해두었던 거절 주문들 중 하나를 읊었다. 지금까지는 조심스럽게 접근했던 귀족들이 그 말을 듣고서 모두 물러나 주었다.

"아니, 그런 때이니 든든한 남편을 맞이하여 영지 경영을 맡겨야만 하네! 그리고 자작은 왕궁이나 신전과의 정치적인 완충 역할을 맡아서 일족과 파벌의 번영을 위해서 힘써야만……."

예예, 그 '일족'은 남편의 친가인 바로 자기 가문을 말하는 거죠.

마리알은 '여신의 가호를 받은 금지옥엽'이라는 명성도 굉장하지만, 그것이 없더라도 귀족들이 충분히 구혼할 만한 입장이다.

마리알이 귀족 당주도 아니고, 후계자도 아닌 그저 자작가의 딸이었다면 좋은 혼처를 찾고자 애써야 할 처지였겠지. 그러나 그녀는 자작가 당주이다. 차남이나 삼남이 그녀와 결혼한다면 실질적으로 자기 아들이 자작가를 운영하게 된다. 그리고 손주가 태어난다면 자작가는 완전히 자기들이 차지하게 된다. 그렇게 된다면 마리알이 병으로 죽든, 사고로 죽든 아무 관계없다.

그것은 또한 '여신의 금지옥엽'을 얻으면 따라오는 덤이다. 어느 누가 노리지 않고 배길 수 있을까?

더욱이 '여신의 금지옥엽'이 딸을 낳는다면 왕가에 시집을 보내는 것도 꿈만은 아니다.

아니, 충분히 노려볼 만한 사정권이겠지.

……그러니 필사적으로 매달릴 수밖에…….

"백작, 레이펠 자작도 아직 혼란스러울 테지. 그런 얘기는 추후에 차분해진 뒤에……."

역시나 파벌 수장이자 이번 순례 인사를 진행하고 있는 세리드 라크 후작이 끼어들었다. 자기가 할 일을 착실히 해주고 있다.

"무슨 한가한 소리를 하는 겁니까? 내일은 신전과 왕궁에 갈 예정이잖소! 양쪽 모두 자작을 자기편으로 끌어들이려고 할 거 아니오! 먼저 형식으로나마 약혼자를 둔다면 그들의 수작을 더 쉬이 회피할 수 있을 터."

……그러나 백작은 물러설 기미가 전혀 없는 듯하다.

뭐, 왕궁과 신전은 마리알에게 딸이 생기기를 기다릴 필요 없이 그녀를 직접 끌어들이는 편이 원하는 바를 훨씬 빨리 이룰 수 있고, 그 효과도 크겠지. 물론 초면인 백작 아들과 이곳에서 당장 약혼해야만 하는 이유는 티끌만큼도 없긴 하지만.

"아뇨, 신전 관계자와 왕궁 분들은 물론 백작님의 영식과도 약혼할 마음이 추호도 없으니 걱정하실 필요 없습니다."

"그렇게 제멋대로 굴면 못 쓴다! 귀족의 딸은 가문을 위해서 시집을 가야하는 법! 본인의 의사 따윈 관계없이 당주가 정한 상대와……."

"예, 그러니까 저는 당주가 정한 상대와 결혼할 예정입니다.

157

……당주인 제가 정한 상대와…….”

그 말을 듣고서 백작은 말문이 막혔다.

응, 깜빡했구나.

“아니, 아직 미성년자인 자작은 파벌의 수장인 세리드라크 후
작님의 조언을 따라야만 하오! 그렇지 않소, 후작님!”

너무나도 끈질기고 포기할 줄 모르는 구질구질한 백작을 보니
짜증이 치밀었다.

……그런데 나보다도 먼저 마리알이 열이 받은 것처럼 보였다.

방긋 웃고 있기는 하지만 관자놀이에 힘줄이 불거져 있다.

그리고 마리알이 오른손 검지를 휙휙 구부리고 있다.

……신호다. ‘일을 저지르세요!’라는…….

어쩔 수 없지, 마리알은……. 자, 여신의 분노오오~!

콰앙! 파앙! 도옹!

갑자기 꽃병과 집기들이 폭발하였다.

“""""우와아아아아아앗!!"""""

그리고 후작과 백작 그리고 백작 부인과 두 자식들은 앉아 있
던 소파에서 뛰쳐나와 폭발이 벌어진 반대쪽, 다시 말해 우리 뒤
쪽으로 몸을 날려 땅바닥을 뒹굴었다.

마리알이 황급히 일어서서 시선을 30도쯤 올리고는 가슴 앞에
서 손을 모으며 외쳤다.

"여신님, 괜찮습니다. 백작가 여러분들을 모조리 말살하거나, 영지를 파멸시킬 정도는 아직 아니니까요……

"……꺄…….."

"꺄?"

""""꺄아아아아아아아~~!!"""""

응, 마리알은 자신에 관한 소문에 불을 지피려고 온 것이 아니다.

……반대다.

향후 이상한 소동을 벌어지거나, 휘말리지 않도록 불을 끄기 위해서 수도에 온 것이다.

그리고 불을 끄는 방법이란…….

유전(油田)에 화재가 벌어졌을 때 어떻게 끄는지 아나?

응, 다이너마이트를 터뜨려 폭풍으로 화염을 날려버리는 거지!

＊＊

"…………."

다른 파벌 귀족의 저택으로 향하는 마차 안에서 세리드라크 후작은 창백한 얼굴로 입을 다물고 있었다.

그야 뭐, 마리알에게 억지로 무언가를 시키려고 하면 어떤 꼴을 당하는지 두 눈으로 봤으니 당연한가? 아마도 어제 처음으로 인사를 나눈 자리에서 그런 무례를 저지르지 않은 자기 자신을

159

칭찬이라도 하고 있겠지.

……그리고 내일 예정되어 있는 신전과 왕궁에서의 행사도 자신에게 피해가 미치지 않는 선에서 '무사히' 끝나기를 바라고 있을지도…….

그 뒤에는 특별한 말썽 없이 순회 인사가 끝났다. 그리고 아들을 동석시켰던 귀족들은 무슨 영문인지 마리알에게 결혼이나 약혼을 일절 언급하지 않았다.

백작 저택에서 벌어진 '수수께끼의 폭발 사건' 뒤에 세리드라크 후작은 호위 기마병 중 하나를 으슥한 곳으로 데려가 무언가를 지시했다. 그리고 그 호위 기마병은 전속력으로 말을 몰아 어디론가 달려가버렸다. 그것과 관련이 있는지 없는지는 난 몰라. 응.

**

그리고 이튿날.

오늘은 오전에는 신전, 오후에는 왕궁을 방문하는 더블헤더 날이다.

아니, 상대팀이 바뀌니 변칙 더블헤더라고 해야 하나? 더욱이 홈이 아니라 어웨이.

이 게임은 모두가 얻은 이득과 손해의 총합이 영이 아니다. 다시 말해 나눠가질 수 있는 파이의 양이 정해져 있지 않으니 제로

섬 게임이 아니라 비제로섬 게임이라고 할 수 있으려나?

……즉 모두가 행복해질 수 있는 선택지도 있고, 모두가 불행해지는 선택지도 있다는 뜻이다. 다만 마리알만 빼고서.

응, 이 상황을 게임에 빗대는 건 불경스럽긴 하지만, 마리알은 플레이어가 아니라 게임운영회사의 직원이니 패배할 일은 없다.

그리고 오늘 왕궁을 방문하는 시각을 오후로 잡은 이유는 그것 때문이다.

마리알이 성의를 보이고자 '신분이 낮은 자부터 시작하여 마지막에는 가장 권위가 있는 분을 찾아뵙도록' 일정을 짰다고 왕궁에서 받아들이도록 하기 위해서다. 그래서 먼저 신전을 방문하기로 했다.

반대로 신전에는 '신전을 왕궁보다 더 우선하고 있다'고 말할 수 있는 일정이기도 하다. 세리드라크 후작이 잔꾀를 쥐어짜낸 듯하다.

보통은 그런 것까지 주의를 기울일 필요는 없을 테지만, '여신의 금지옥엽'이 되었기에 여러 가지를 배려해야 하고, 각계각층의 알력 다툼을 이해해야 하며, 어렵고 성가신 일도 감수해야만 하겠지. 사회인, 더욱이 중간관리직이 되면 여러모로 골치가 아프거든…….

그런 이유로 신전에 도착했다.

문제는 신전 내에서 '여신의 금지옥엽'의 위상이 어느 정도냐는 것이다.

어디까지나 여신의 총애를 받은 어린 아가씨에 불과하니 신관보다 하대하려나?

아니면 여신과 사도를 따르는 평범한 인간에 불과한 신관보다 우대하려나?

그리고 자작에 불과한 마리알의 신분이 그 위상을 정하는 데 어떻게 작용할까?

나는 여신님과 사도님밖에 해본 경험이 없어서 여신의 금지옥엽이 어떤 위치인지 잘 모른다. 마리알도 그런 지인을 뒀을 리가 없을 테니 잘 모르겠지.

……아니, 신전 녀석들도 어떻게 해야 좋을지 모르는 게 아닐까? 아마도 일찍이 출현한 사례가 없는 SSR(스페셜 슈퍼 레어) 카드일 테니까.

자자, 어떻게 흘러가려나…….

윽, 으앗!

신전 사람들이 나란히 도열하여 마중을 나와 있었다.

여신의 금지옥엽은 UL(울트라 레전드)이었던가…….

**

"어서 오십시오. 신전 관계자 일동은 진심으로 환영합니다……."

이 방까지 우리 일행을 안내해준 사람은 사교들 중 하나인 듯하다. 그리고 지금 우리에게 환영 인사를 한 사람은 대사교. 수도의 대사교이니 다시 말해 이 나라 종교계에서 가장 위에 있는 사람이라는 뜻이다.

교황이나 추기경은 예전에 루에다 성국에서만 존재했다. 성국이 멸망하여 소멸했기에 어디에도 존재하지 않는다고 한다.

뭐, 어느 나라 신전에서 제멋대로 새로운 교황을 옹립해본들 아무도 상대해주지 않겠지. 그딴 걸 인정할 바에야 각국에서 자국 사람을 교황으로 옹립할 것이다.

그러나 사람들은 성국의 멸망과 신관들의 파멸을 목도했다. ……그리고 세레스티느를 뒷배로 삼은 내가 이 세계에 존재하고 있다.

역시나 신전에는 꽤 정확한 정보가 전해졌을 테지. 그 사건에 관해.

그러니 허튼 짓을 하려야 할 수가 없겠지…….

그래서 지금은 각국의 대사교들이 동등한 위치에서 사이좋게 지내고 있는 듯하다.

……어디까지나 표면상으로.

물론 각국마다 신전과 왕궁의 관계가 다르므로 정치적인 발언력이나 재력 등이 차이가 날 테니 완벽하게 평등하다고 할 수만은 없다. 개중에는 '언젠가 교황의 성좌'에 앉겠다는 야망을 불태우는 자도 있을지도 모른다.

그러나 진정 극악한 신관은 거의 없는 듯하다.

누가 뭐라 해도 여신이 실존하고, 실제로 신벌이 떨어졌던 세계이니까. 이곳은…….

약 4년 전에 한 나라가 박살 났고, 그 나라의 신관들이 파멸……, 아니, 4년 전까지 거슬러 올라갈 필요 없이 불과 얼마 전에 새로운 신벌이 떨어졌었지! 그리고 그 당사자가 와 있는데 이상한 짓을 꾸밀 리가 없나? ……여신에게 싸움을 걸 작정이 아니라면.

그러므로 고아들과 레이에트 짱을 습격한 범인들의 흑막이 신전 관계자일 가능성은 없겠지. 신전 관계자라면 '사도님'에게 싸움을 걸면 어떻게 되는지 그 위험성을 충분히 인식하고 있을 테니까.

그러니 범인은 어중간한 정보를 가지고 있는 사람이거나, '사도님'이 어떤 존재인지 정확하게 인식하지 못한 사람, 사이비이니 잘 이용하여 한몫 단단히 챙기자고 벼르는 사람일 가능성이 높다.

……뭐, 단순히 바보일 가능성도 있겠지만.

한동안 무난한 대화가 이어졌다…….

"레이펠 자작님, 어떠십니까? 우리 신전의 무녀가 되어서 저희들과 함께 세레스티느 님을 모시는 것이……."

왔다. 왔다, 왔어…….

물론 마리알의 대답은…….

"아뇨, 여신님께서는 절 무녀로 삼기 위해서 도와주신 것이 아닙니다. 레이펠 자작가가 악당의 손아귀에 넘어가는 것을 막고, 정통후계자인 제가 가문과 영지, 그리고 영민을 보호할 수 있도록 힘을 빌려주신 겁니다. 그러니 무녀가 되고자 영지 관리를 등한시한다면 주객이 전도된 꼴. 여신님의 기대를 저버리는 행위라서……."

응, 완벽하게 되받아쳤다. 신관이 이 대답을 부정할 수는 없다.

그리고 예상대로 대사교는 반론하지 못하고 입을 다물었다.

마리알은 대화를 하면서 '여신님'이라고만 했을 뿐, 결코 '세레스티느 님'이라고 하지 않았다. '세레스티느 님'이라고 했다가는 거짓말을 하는 셈이니까.

마리알이 말하는 '여신님'이란 나를 가리키는 것이다. 여신님이라고만 말하는 한 거짓말은 아니다. ……마리알에게는.

그 뒤에도 '명예 무녀가 되어달라'느니, '명부에 이름이라도 올려달라'느니, '제사 때만이라도 참석해달라'느니 '아주 잠깐만! 잠깐만이라도 좋으니!' 하고 매달리려고 했지만, 모조리 거절.

뭐, 명목상이라도 무녀가 돼버린다면 저들은 그 존재를 이용하려 들 것이다. 그리고 대사교나 사교들과 상하관계가 형성되고 말겠지.

지금 이 상태를 유지한다면 세레스티느의 신도 중 하나라고 할지라도 평범한 귀족 당주일 뿐이니 신전이 내리는 명령을 따를 필요가 없다.

귀족은 국왕 폐하가 내리는 '부조리하지 않고 납득할 수 있는 명령'과 자신의 신념만을 따른다.

  아무리 국왕 폐하가 내린 명령일지라도 납득할 수 없는 명령을 강요한다면 거부하거나, 파벌 귀족들에게 도움을 요청하거나, 친하게 지내는 대상인들에게 협력을 구하는 등 여러모로 대처할 수가 있단다.

  그럴 때 이용하려고 '파벌'에 가입하며, 상인들과 평소에도 교류를 하는 것이다.

  뭐, 애초부터 이 나라는 절대왕정국가가 아니다. 중요 정책은 대귀족들이 합의해야만 시행할 수가 있고, 상인들의 발언력이 상당히 강하다. 다른 국가들과는 정치 상황이 조금 다르지.

  그래서 억지로 강요할 수가 없는 노릇이라 미련이 잔뜩 남은 표정을 지은 채로 원통해하는 대사교를 내버려두고서 우리 일행은 후다닥 물러났다.

  세리드라크 후작은 신전 관계자들과는 데면데면한지 입을 별로 열지 않았다. 그러나 마리알이 사전에 논의한 대로 잘 대처해 줬으니 문제없다.

  자, 다음은 마지막으로 남은 왕궁이다. 아마도 가장 성가신 곳이겠지.

  이 나라의 왕은 다른 국가에 비해 권한이 작다고 한다. 그래서 국왕이라기보다 권력이 가장 강한 대귀족이라고 해야 할까? 타국과 교류할 때 타국의 '국왕'을 상대할 자가 필요해서 마련한 직위라고 해야 할까…….

여하튼 다른 국가들의 왕과는 처지가 조금 다르다고 한다. 옛날에는 아마도 평범한 국왕이었을 테지만, 지금은 그런 느낌이란다.

……권한이 적으며 대처하기 더 쉽다?

아니, 아니, 그런 자일수록 기회가 생기면 더 필사적으로 달려드는 법이지. 조금이라도 권한을 강화하기 위한 발판으로 삼고자…….

그래서 일단은 후작 저택으로 돌아가서 점심을 먹었다.

그 뒤에 느긋하게 휴식을 취한 뒤 왕궁으로…….

**

"여, 역시나, 조금 긴장되네요……."

지금껏 마리알은 제법 유들유들하게 행동해왔지만, 왕궁 정문이 가까워지자 소심해진 듯했다.

역시 아무리 당차다고는 해도 아직 14살, 성인식을 치르지 않은 소녀에 불과하니 그럴 만도 하겠지. 이쯤에서 한 번 용기를 북돋아줄까…….

"괜찮아요! 로랜드 님이 여러 가지를 알려주셨잖아요?"

"아, 예에……."

세리드라크 후작이 같은 마차에 타고 있어서 사용인답게 말해야만 한다.

그리고 마리알은 로랜드라는 이름을 듣고서 얼굴을 살짝 붉혔다.

응, 로랜드는 호위병으로서 이 여행에 참가했다. 그러나 그건 어디까지나 명목상이다.

마리알에게는 그가 '여신 카오루의 수호기사이자 고귀한 신분의 소유자'라고 소개해두었다. 프란세트도 비슷한 느낌으로.

그래서 마리알은 로랜드가 자기보다 신분이 높은 분으로 인식하고 있다. ……아니, 사실이 그렇긴 하지만.

그리고 로랜드가 쓸데없이 반짝반짝거리니 마리알이 황홀하게 바라볼 만도 하지.

……그래, 어쩔 수 없는 일이다. 그 때문에 프란세트가 조금 언짢아하긴 하지만…….

그래서 마리알이 로랜드에게서 무엇을 배웠느냐면 당연히 '왕족을 응대하는 법', '왕족이 꼬투리는 잡는 법', '상황에 따른 왕족의 속셈' 등 '대왕족 결전용 오의'들이다.

로랜드를 이런 때 써먹지 않으면 언제 써먹을 수 있겠어!

활약할 수 있는 유일한 기회이니 제대로 알려주도록!

그렇게 격려해줬더니 로랜드가 엄청 낙담했었지.

왜 그러는 걸까? 기대감을 품고서 부탁했거늘…….

여하튼 그런 이유로 사전교육과 질의응답 훈련을 완벽하게 마쳤다.

로랜드는 에밀, 벨, 레이에트 짱과 함께 오늘도 저택에서 대기

해야만 한다. 그러나 '로랜드 님이 분명 저 먼 곳에서 지켜보고 있을 거예요' 하고 말하자 마리알이 고개를 끄덕이고서 긴장한 표정을 지었다.

……아니, 로랜드를 저 멀리 보낸 기억은 없다. 마리알은 일본어 특유의 에두르는 표현 따윈 모르니 그저 단순히 '어디선가 지켜보고 있다'고 받아들였을 테지만.

그리고 드디어 도착했습니다. 왕궁에!

정문을 지키고 있던 병사가 후작의 얼굴과 후작가 가문(家紋)이 걸려 있는 마차를 보고는 바로 통과시켜주었다.

마부는 어떤 상황인지 다 알고 있는 눈치였다. 그리고 마차에서 내린 뒤에는 후작이 대기실로 안내해주었다.

대기실에는 먼저 온 손님이 몇 명 있었다. 아무래도 우리는 마지막 차례인 듯하다.

……뭐, 다른 사람과의 일정을 빨리 끝낸 뒤에 마리알과 만나 진득하게 대화를 나눌 작정이겠지.

오늘 프란세트는 나와 마찬가지로 시녀복을 입고 있다. 신검 '엑스그람'은 내 아이템 박스 안에 담겨 있다.

왕을 알현하는 데 무장한 호위를 데려갈 수는 없는 노릇이잖아.

뭐, 아이템 박스에서 검을 꺼내 프란세트에게 넘겨주는 데 1초면 충분하다. 역시나 1초 이내에 상황이 급변할 가능성은 없겠지.

……이봐, 프란. 지금은 시녀이니까 그렇게 살기를 풀풀 풍기

며 경계하지 마!

당당하게 시녀인 척…… 당당~녀답게……. 으, 시끄러워!!

그리고 다른 사람들이 알현을 다 마친 뒤에 마리알의 차례가 돌아왔다.

마리알은 후작과 나란히 걸어갔다. 나와 프란세트는 조금 뒤에서 따라갔다. 왕의 얼굴을 보지 않도록 고개를 숙인 채로 조심조심…….

뭐, 이건 그저 인사만 나누는 이벤트일 뿐이다. 진정한 회견은 별실에서 가질 예정이지만.

……당연한가? 단상 위에 놓인 호화로운 의자에 거만하게 앉아 있는 상대와 바닥에 한쪽 무릎을 꿇은 채로 즐겁게 환담을 나눌 수 있을 리가 없다.

※※

그리고 잠시 뒤 딱딱한 공식회담 때 쓸 법한 곳이 아닌, 비교적 차분한 방에서 의례적인 인사를 주고받기만 하는 것이 아닌 진정한 회담이 시작되었다.

우리는 먼저 방으로 들어가 선 채로 대기했다. 잠시 뒤 왕과 대신들로 보이는 여러 사람들이 들어와 자리에 앉았다. 알현했을 때와는 입실하는 순서가 반대인데 당연한가? 왕을 기다리게 할 수는 없는 노릇이니까.

"잘 와줬다……."

그리고 자리에 앉은 뒤에 왕은 무언가 말을 하려다가 우리 쪽……이라고 해야 하나? 마리알과 후작 뒤에 서 있는 나와 프란세트를 보더니 말끝을 흐렸다.

응, 예상하지 못한 사람이 있으니 의아하겠지.

……당연하다. 시녀가 이런 데까지 따라올 수 있을 리가 없다. 대기실에서 기다리는 게 보통이다.

물론 안내해준 위병들이 나와 프란세트를 별실로 안내하려고 했다. 그러나 마리알이 거부했고, 위병이 그럴 수는 없다며 버텼다. 그러자 그녀가 발걸음을 돌려서 돌아가려고 했다. 위병이 황급히 만류하려고 하자, 그녀는 '당신이 독단으로 저를 쫓아냈다고 폐하께 보고하세요' 하고 말했다.

아니, 그건 이런 국가 시설에서 근무하는 사람이 가장 당황해할 만한 말이다. 전부 책임을 지라는 건…….

마리알이 그렇게 말하자 위병은 초조해하며 동료 쪽으로 고개를 돌렸다. ……그러나 그 동료 위병은 이미 몇 미터 떨어져 모른 체하고 있었다.

설마 시녀를 이런 곳에 들여도 될지 국왕이나 대신에게 물어보러 갈 수는 없을 테지. 상관에게 판단을 구하러 가본들 '그런 건 네 머리로 생각해!' 하고 호통만 칠 테고.

……응, 자기가 책임을 지고 싶은 마음은 없겠지. '부하가 멋대

로 저지른 짓'이라고 얼버무리면 그 상관은 책임을 회피할 수 있을 테니까. 뭐, 부하를 똑바로 교육시키지 않았다며 혼쭐이 나기는 하겠지만, 책임을 떠안는 것보다는 훨씬 낫다.

그리고 '여신이 총애하고 사랑하는 금지옥엽'을 위병이 독단으로 쫓아냈다는 소리가 국왕의 귀에 들어가기라도 한다면 어떻게 될는지…….

응, 즐거운 미래가 기다리고 있을 듯하네.

……그래서 결국 이러지도 저러지도 못하는 위병은 '아무 일도 없었다는 듯이 우리 모두를 방으로 안내한다'는 선택지를 골랐다.

위병이 하도 자연스럽게 안내해줘서 방 앞에 있던 경비병들도 우리를 완전히 무시하였다.

그리고 그런 사정을 전혀 모르는 왕과 대신들은 무슨 이유가 있어서 담당자가 사전에 논의하여 그렇게 조치했을 거라며 심각하게 받아들이지 않은 눈치였다.

그야 그렇겠지. 위병을 협박하여 왕과 회담을 나누는 방에 시녀를 억지로 데리고 가는 귀족 소녀가 있을 거라고 어느 누가 생각이나 할까!

여하튼 왕이 앉으라고 권하자 후작과 마리알이 자리에 앉았다.

나와 프란세트는 당연히 마리알의 뒤에서 선 채로 대기하고 있다.

프란세트는 '의자에 앉아 있으면 검을 뽑아 베어버리는 게 한

173

박자 늦어진다'고 생각하는 듯한데.

……아니, 하지 마! 왕을 베었다가는 지명수배라고…….

애당초 검은 내 아이템 박스 안에 있지만.

"……양친과 오라버니의 일은 유감이로군. 귀족으로서 훌륭한 인물이었거늘……"

왕이 적당한 표현으로 위로해주었다. 그러나 선대 레이펠 자작은 왕과 대면한 적이 거의 없다고 마스리우스 백작에게서 들었다.

인사차 중요한 행사에 갔을 때나 커다란 의식 때 잠깐 얼굴만 스쳤을 테니 왕이 지방 귀족의 얼굴을 기억하는 게 오히려 이상하다.

그래도 뭐, 부모를 칭찬하는 말을 듣고서 언짢아하는 사람은 없겠지. 비록 겉치레 인사에 불과하다는 걸 알면서도.

마리알이 얌전한 얼굴로 고개를 숙였다.

그리고 그 뒤에 한동안 무난한 대화가 이어지다가 드디어 왕이 본론을 꺼냈다.

"젊은 여성의 몸으로 부친의 유지를 이어받아 영지와 영민을 지키고자 결의하다니 장하도다. ……허나 현재 그대의 처지로는 조금 무거운 짐이 아닌가? 그래서 내가 그대의 후견인이 되어 그대와 레이펠 자작가를 온갖 무리로부터 지켜주고자 하는데 그대의 생각은 어떠한가."

왔다, 왔어…….

그러나 레이펠 자작가는 주군 귀족인 마스리우스 백작가와 함께 세리드라크 후작이 이끄는 파벌에 소속되어 있다. 그건 다시 말해 그 파벌이 왕족파나 신전파와는 궤를 달리하는, 친상인파의 한 갈래라는 걸 뜻한다.

……즉 저 왕은 현재 레이펠 자작가가 소속되어 있는 파벌의 수장이 보는 앞에서 당당하게 구성원을 빼내려고 수작을 부린 셈이다.

아직 정치를 잘 모르는 어린 아가씨는 '국왕'이라는 권위에 약하다. 그러니 국왕을 뒷배로 삼을 수 있는 기회가 생긴다면 넙죽 받아들일 거라고 판단했을까?

그러나 그렇게 나올 줄 예상하고 있었다. 그러니 마리알의 대답은…….

"대단히 황송한 말씀이옵니다. ……그러나 그 건은 사양하도록 하겠습니다. 저희 레이펠 자작가는 대대로 주군 가문을 후견인으로 모시고 있습니다. 마스리우스 백작께 이미 의탁하고 있으니……."

당연하다. 세리드라크 후작이라면 모를까, 마리알이 마스리우스 백작을 배신할 리가 없다.

그러나 왕 역시 마리알과 마스리우스 백작의 관계까지는 잘 모르더라도 주군 가문이나 파벌을 쉽사리 배신하지 않을 거라는 것쯤은 예측했는지도 모른다. 왕이 잠시 뜸을 들이고서 재차 공격을 해왔다.

"그래서 내 아들과 약혼하는 건 어떠한가?"

……마리알의 이야기를 전혀 듣고 있지 않다……고 해야 할까? 마리알의 의사 따위 무시하고 자신의 바람을 강요할 작정이겠지. 하급귀족에다가 나이도 어린 여자라고 깔보고서.

더욱이 아무리 약소하다고 해도 한 파벌의 수장이자 후작가의 당주인 세리드라크 후작도 완전히 무시하고서…….

"폐하. 레이펠 자작은 가족을 잃은 지 얼마 되지 않아서…….."

역시나 상대가 국왕 폐하일지라도 비상식적인 강요를 하자 부아가 치밀었는지 후작이 끼어들었다. 그러나 왕은 후작의 말을 완전히 무시했다. 그리고 이야기를 계속 이어나가려고 했다…….

"폐하의 아드님이라고 하신다면 올해 48살이신 왕태자 전하, 그리고 그 아우 분인 45살 제2왕자 전하를 말씀하시는 건지요? 두 분 모두 이미 결혼을 하신 것으로……. 정부(情婦)가 되라느니 그런 제안을 하시는 건가요?"

마리알이 빙긋 웃으며 그렇게 대꾸했다. ……그러나 눈은 전혀 웃고 있지 않다.

응, 물론 왕가 사람들의 개인정보는 사전에 조사해뒀다.

왕이 오래 재위한다면 왕자 역시 나이를 먹어 중년이나 노인이 될 수도 있다.

왕자님이 모두 젊고 멋있는 것만은 아니지. 머리가 벗겨지고 배가 나온 중년 왕자님도 있기 마련이니까…….

그리고 마리알이 오른손 검지를 휙휙 구부렸다.

우와, 무지 화났나봐! 관자놀이에 힘줄이 솟은 것 같은 기분이 들어…….

그래서 저지르라고?

아니, 역시나 왕 앞에서 폭발을 일으키는 건 위험하잖아.

자칫 쿠데타가 될 수 있는데?

"어떠한가? 좋은 이야기 아니더냐? 그럼 그대는 왕가의 일원 으로서……."

꽈아앙!

"우아앙!"

갑자기 왕이 머리를 싸쥐고서 몸을 웅크리자 대신과 위병들이 경악하여 굳어버렸다.

……뭐, 그렇겠지. 느닷없이 쇠대야가 왕의 머리 위에 떨어진 다면…….

이곳은 실내이니 위에는 물론 천장이 있다. 아무것도 없는 공 간. 그런 게 떨어질 리가 없다.

여신이 장난이라도 치지 않는 한.

……물론 쇠대야를 떨어뜨릴 때 세심하게 주의를 기울였다.

평범한 쇠대야는 꽤 무겁고 딱딱하다. 옛날 콩트에서는 가벼운 알루미늄 대야나 특별하게 제작한 부드러운 대야를 사용하곤 했 다. 혹은 대야를 얻어맞는 사람이 얇은 금속이 들어간 특제 가발 을 착용하거나 떨어지는 높이나 각도 등을 면밀하게 계산하는 등 안전에 주의를 기울인다. 그런데 세레느 녀석, 대충 목제 물통을 떨어뜨리다니…….

그래, 레이에트 짱 유괴사건 때 말이야!

그래서 뭐, 어르신을 배려하는 차원에서 알루미늄을 아주 얇게 펴서 만든, 강도가 약해서 실생활에서는 쓸 수가 없는 가볍고 무른 대야를 떨어뜨렸다. 안에 포션이 몇 방울 담긴 '용기'로서 생성했다.

그래서 연출과 소리만 요란할 뿐 데미지는 거의 입지 않았을 것이다.

"엇…….."

왕이 망연자실한 얼굴로 바닥에서 달그락거리며 돌고 있는 쇠대야를 내려다봤다.

그리고…….

""""""사, 사라졌어!!"""""""

응, 아이템 박스에 수납했다. 나중에 '기적의 대야'라고 명명하여 신앙의 대상으로 삼으면 곤란하니까.

""""""…………""""""""

그리고 조용해진 실내에서 마리알이 여러 번 연습했던 필살기를 작열!

"여신님, 왕족과 대신들을 모조리 말살하여 왕궁을 파괴하는 건 조금 더 기다려주세요…….."

마리알은 가슴 앞에서 손을 모으고는 시선을 30도쯤 들고서 그렇게 기도했다.

응, 백작가에서 했던 것과 똑같은 연기다.

그리고…….

"""""꺄아아아아아아아~~!!"""""""

큰 소란이 벌어진 와중에 문득 세리드라크 후작을 힐끔 보니 후작은 온화하게 아케익 스마일(그리스 조각에서 볼 수 있는 미소)을 짓고 있었다.

……깨달음을 얻은 건가…….

아니면 모든 것을 체념했든가, 혹은 생각을 포기했든가…….

그리고 어느새 소란이 진정되었다. 왕과 대신들이 의자에서 일어나 고개를 숙였다.

……역시 넙죽절까지는 안 하나?

"미, 미안하다. 무례를 용서해다오……. 그, 그리고 모쪼록 여신님께 잘 봐달라고 부탁 좀 해다오!!"

국왕이 자작 나부랭이, 더욱이 미성년 소녀에게 고개를 숙이는 건 상식 밖이다. 그러나 지금 그들은 마리알이 아닌 그 뒤에 있을 여신님에게 고개를 숙인 것이다. 그러니 문제없다.

"그럼 앞으로 제게 약혼이니 결혼이니 하는 소리를 두 번 다시 내뱉지 마세요. 그리고 주군 가문과 제가 신세를 지고 있는 분들을 건드리지 마세요. 그리고 우리 레이펠 자작가한테 일절……, 아, 아뇨, 지원금이나 조성금, 작위를 올려주겠다는 이야기 등 '좋은 제안'은 제외하고서 참견하지 마시길……."

우와, 마리알, 연습했을 때는 하지 않았던 애드립을 쳤어. 저 녀석 얼굴은 귀여운데 제법 당차네…….

그리고 부정할 수가 없는 왕은 망가진 장난감처럼 그저 고개만 연신 끄덕였다.

……좋아. 미션 컴플리트!

**

그 뒤에 무난한 대화를 잠깐 나누다가 바로 해산하였다.

왕은 무례한 발언을 더 했다가는 모든 것이 끝장이라고 믿고 있어서 이미 정신이 너덜너덜해졌다. 누가 미성년 소녀이고 누가 왕인지 구분하기 어려울 만큼 처지가 역전된 광경은 잔인했다.

그리고 더욱 잔인한 것은 왕의 심정을 완전히 파악하고 있으면서도 정치적으로 위태로운 발언을 연발하며 웃고 있는 마리알의 악마 같은 모습이었다.

……무서워라!

그리고 오늘도 무사히 종료.

내일부터가 진짜다.

아니, 마리알의 입장에서는 어제가 전초전, 오늘이 결전, 내일 이후는 사후처리에 불과할 테지만.

그러나 우리는 '진짜 목적'을 달성하는 김에 마리알을 도와줬을 뿐이다. 우리의 최우선 목표는 어디까지나 그쪽이다.

……그래, 레이에트 쨩에게 손을 댄 녀석을

그리고 내일부터는 마스리우스 백작 저택에서 나와 고급여관으로 거처를 옮긴 뒤 '프리 플레이'를 시작한다.

후작이 꾸민 순회 인사도 끝났다. 이제부터 마리알은 '여신의 금지옥엽'이 아니라 레이펠 자작가 당주로서 파벌을 초월하여 여러 귀족들과 사귀고, 상단과 안면을 트며 그밖에 여러 활동을 하게 될 것이다.

이대로 마스리우스 백작가에 계속 머문다면 상대방이 찾아오기 어려워할 테니 고급여관으로 거처를 옮기기로 한 것이다.

그리고 그렇게 하면 당연히 오겠지.

같은 파벌의 귀족. 다른 파벌의 귀족. 정치가. 고위군인. 상인. 신관. 투기꾼과 사기꾼. 유명인이라는 가면을 쓰고 있는 범죄조직의 얼굴마담 등등…….

처음부터 여관에 묵었다면 유력자들이 억지로 회담을 요청하고, 요구를 관철시키고자 귀찮게 달라붙는 등 수습하기 어려운 혼란이 벌어졌을 것이다. 그래서 마스리우스 백작 저택에서 신세를 졌던 것이다. 그러나 아무개 백작 저택, 왕궁, 그리고 그밖에 여러 군데에서 일을 저질렀으니 소문이 널리 퍼졌겠지. 마리알과 면회할 수 있는 조건이나 절차 등을 여러 곳에 통지해뒀고, 이미 면회 희망자를 선별하고 있는 중이다. 그러니 커다란 혼란은 벌어지지 않겠지.

그렇다. 어제와 오늘 여신이 짜증을 부린 사건을 아는 사람은 무리한 요구를 하지 않을 테고, 원래부터 신앙심이 깊은 사람이나 정확한 정보를 알고 있는 사람들도 언동에 각별히 주의를 기울일 테지.

그래도 마리알을 우연히 벌어진 사건을 이용하는 어린 아가씨라거나, 어쩌다가 여신에게 도움을 받은 평범한 소녀라거나, 잘 부추겨서 이용하면 요긴하게 써먹을 수 있는 세상물정 모르는 풋내기라고 여기는 녀석들이 또 달려들지도 모른다. 더욱이 아마도 그 사기꾼 귀족도 올 테지.

……그리고 그보다 중요한 것.

그렇다. 레이에트 짱을 습격하도록 배후에서 지시한 녀석이 거의 확실하게 접근해올 것이다.

다시 말해 그 녀석이 '진짜' 목표다. 우리의…….

＊＊

"신세를 졌습니다. 이 은혜는 언젠가 반드시…….'

마리알을 비롯한 우리 일행이 그렇게 인사하며 마스리우스 백작 저택을 떠났다.

백작은 웃으면서 보내주었다.

아무래도 백작은 세리드라크 후작에게서 '백작가 수수께끼의 폭발 사건'과 '왕궁 쇠대야 사건'을 듣고서 겁을 집어먹은 모양이다. 그래서 한때는 마리알을 어색하게 대했었다. 그러나 마리알은 평범한 소녀에 불과하며, 마리알 본인이 원하지 않는 것을 강요하지만 않는다면 별문제가 없다는 걸 깨달았는지 현재는 원래대로 돌아왔다. '손녀를 대하는 할아버지' 말이다.

그러고 보니 세리드라크 후작도 왕궁을 나온 뒤에 미몽에서 깨어난 듯한 온화한 표정을 지었었지.

아마도 마리알을 이용하여 파벌을 확장하겠다는 이상한 야망을 깨끗하게 포기했기에 야심 없는 비교적 성실하고 온후한 노인으로 되돌아온 거겠지.

왕궁에서 벌어진 사건은 그다지 널리 퍼지지는 않을 테지만, 이틀 전 어느 백작가에서 벌어진 '수수께끼 폭발 사건'은 파벌에 소속된 귀족들에게 이미 알려졌다. 같은 파벌에 속한 동지이니 편의를 봐달라며 정에 호소하려는 녀석은 있겠지만, 억지를 부리거나 강요를 하지는 않겠지.

그밖에 다른 귀족이나 상인들은 마리알에게 도움이 되면 받아들이고, 그렇지 않으면 거절하면 된다. 이제부터는 레이펠 자작가 당주, 마리알 폰 레이펠 여자작 각하의 자유다.

여관은 주군 귀족인 마스리우스 백작이 잡아주었다. 면담용으로 쓸 방을 포함하여 방이 5개나 딸려 있는 객실이었다. 그중 방

두 개는 주인이 쓰는 침실이고, 하나는 주인 일가가 쓰는 방, 나머지 하나는 사용인이 쓰는 방이다. 각 방마다 침대가 4개씩 있다.

주인 일가가 묵는 방에는 마리알과 나, 그리고 레이에트 짱과 프란세트, 벨이 쓰기로 했다. 사용인이 묵는 방은 로랜드와 에밀, 그리고 레이펠 자작의 두 남성 사용인들이 쓴다. 여성들이 쓸 침대가 부족하긴 하지만, 레이에트 짱은 나와 같은 침대에서 잘 테니 문제없다.

남자와 여자는 방을 따로 써야 하고, 프란세트가 적지에서 내 곁을 벗어날 리가 없다. 그리고 레이에트 짱은 내가 벗어날 수가 없고……. 눈에 뻔히 보이니 다른 선택지가 존재할 리가 없다.

다른 사용인들은 조금 더 저렴한 다른 객실에 분산하여 묵고 있다. ……아무리 고급여관일지라도 사용인이나 호위들을 위한 평범한 객실도 당연히 마련되어 있다.

오전에는 고급여관으로 이동한 뒤 휴식을 취하면서 의논도 하고, 조금 이른 브런치도 먹었다. 그 뒤에는 오후부터 벌어질 싸움에 대비하여 조금 오랫동안 식후 휴식을 취하기로 했다.

응, 배가 부르면 싸울 수 없고, 부모님이 돌아가시더라도 식후에는 쉬어줘야 하는 법. 옛 사람들의 지혜에는 나름대로 의미가 있다. 따르더라도 손해볼 일은 없다.

식후에 푹 쉬기는 했지만, 식사 자체를 이른 시간에 한지라 마리알의 '손님 응대' 일정이 오후 일찍부터 시작되었다.

마스리우스 백작이 이곳을 예약하면서 손님들이 많이 올 거라고 사전에 설명해두었단다.

더욱이 이곳은 유력자나 유명인들이 자주 묵는 고급여관이라서 그런 일에 익숙한 듯하다. 그래서 면담용으로 쓸 방을 포함하여 방이 5개나 딸려 있는 특별실은 숙박 요금이 비싼 모양이다.

백작의 이야기에 따르면 여관 관계자들이 '여신님의 금지옥엽이 숙박하시다니 영광입니다. 뭐든지 명령만 내려주십시오' 하고 말했다고 하니 만약에 방문객이 말썽을 피우더라도 여관은 우리 편이 되어주겠지. 설령 방문객이 신분이 높은 자라고 할지라도.

아니, 여관은 범죄자가 아닌 한 숙박객을 지키는 자세를 취하는 게 당연한가? 손님을 권력자에게 팔아넘긴다면 고급여관이라는 간판을 내걸 수는 없겠지. 그리고 만약에 마리알에게 그런 짓을 했다가는 내가 '간판을 영영 내걸 수 없게' 만들어줄 테다. ……물리적으로.

뭐, 그런 느낌으로 손님 응대가 시작되었는데…….

처음에 방문한 사람은 귀족가 사람인 듯했다. 동이 트기 전부터 줄을 섰다나 뭐라나.

오늘 오후부터 이곳에서 마리알이 손님을 맞이한다는 건 사전에 고지해두었다. 그리고 사용인 일부를 수도에 도착하자마자 이곳에 묵게 하였으니 새벽에 방문했더라도 신청을 받아주기는 했겠지만…….

"사용인한테도, 여관 사람들한테도 제대로 민폐를 끼쳤네."

틀림없이 자고 있는 사람을 깨웠을 테지.

마리알이 내 말을 듣고서 쓴웃음을 지었다.

뭐, 그런 것도 사용인들의 일이고, 그럴 일이 벌어질까봐 먼저 이곳에 묵도록 조치한 거긴 하지만. ……오히려 철야를 하면서까지 줄을 선 사람이 없었던 것만으로도 다행인지도 모른다.

밤새 줄을 서는 동안에 심심하다며 같이 철야를 하는 사람들끼리 떠들어대거나 괴성을 지른다면 그건 최악의 민폐다. 누가 경비병들을 부를지도 몰라.

"하지만 그토록 오랫동안 줄을 설 작정이라면 귀족 본인이 아니라 대신 가신을 세우겠죠."

마리알이 말한 대로 귀족이 그런 고행을 견딜 수 있을 리가 없다. 가신에게 줄을 서도록 시킨 뒤에 자신의 저택으로 초대하겠다는 메시지를 전하기만 하겠지. 마리알이 그런 초대를 받아들이지 않겠지만.

물론 누가 대신 줄을 섰다가 면담하기 직전에 다른 사람과 교대하는 건 인정하지 않는다.

그런 걸 인정했다가는 사람을 돈으로 고용하여 대신 세우는 녀석이 나타날 게 뻔하니까.

그런 녀석에게는 '여신의 금지옥엽'과 면담할 자격이 없다. 고지할 때 그 내용을 확실히 밝혀두었다.

실내에는 타원형 탁자가 놓여 있다. 탁자 한쪽 가장자리에는 마리알이 앉아 있고, 그 좌우에는 가신들이 앉아 있다. 그 오른편에는 로랜드가, 왼편에는 내가 앉아 있으며 내 왼쪽에는 프란세트가 앉아 있다.

물론 손님이 습격하더라도 마리알을 지켜내고자 이런 형태로 앉은 것이다. 그와 동시에 나를 지켜내기 위한 태세이기도 하다. 프란세트가 가까스로 타협안에 동의해주어서 이렇게 자리를 배치하였다. 이렇게 앉으면 반대쪽에 앉아 있는 손님이 숨겨둔 무기를 꺼내 습격하더라도 프란세트와 로랜드가 확실하게 저지할 수 있다.

……그리고 우리와, 수도를 사전에 여러모로 조사한 가신들이 보내는 신호를 마리알이 볼 수 있도록 자리를 배치한 것이기도 하다.

벨과 에밀은 레이에트 짱을 데리고서 마리알의 뒤쪽에 의자를 나란히 놓고 앉아 있다. 저 두 사람도 나를 호위하겠다며 이곳을 떠나려고 하지 않았다. 그래서 레이에트 짱을 혼자 내버려둘 수가 없어서 그렇게 앉힐 수밖에 없었다.

그래서 맨 먼저 방에 들어온 사람은…….

"처음 뵙겠습니다. 드리벨 남작입니다."

나이가 든 남성이긴 하지만 저쪽은 남작, 마리알은 신참이긴 해도 자작이다. 더욱이 저쪽이 마리알을 만나고자 찾아온 것이니 당연히 마리알이 위치가 높다.

그러나 그걸 알면서도 역시나 미성년 소녀에게 존댓말을 쓰기란 쉽지 않을 듯…….

뭐, 귀족이니 그 정도쯤은 개의치 않겠지만. 자기보다 어린 백작이나 후작 아들과 대화하는 경우도 있을 테고.

……아니, 가신이 아니라 귀족 당주 본인이 줄을 서며 기다렸던 거야? 게다가 동이 트기 전부터!

그 기개만은 높이 산다.

그런데 저 귀족이 그렇게 줄을 서면서까지 마리알에게 하고 싶은 이야기가 뭘까…….

"우리 드리벨 가문도 레이펠 자작가와 마찬가지로 여신님께 도움을 받았습니다. 피차 여신님께 도움을 받은 처지이니 무슨 일이 있을 때 전력으로 돕도록 하겠습니다. 그때는 주저하지 말고 의지해주시길 바랍니다."

어? 그 말은?

"장남인 샤로트가 여신님이 주신 비약으로 목숨을 건졌다는 걸 결코 잊지 않습니다. 그리고 자손대대로 그 사실을 전하여 언제 부르시든 기꺼이 달려가 말석일지라도 아랑곳하지 않고 여신님의 첨병으로서 가세할 것을 맹세합니다. 저희 일족의 모든 것을 바쳐서……."

……으, 몸을 미묘하게 틀어서 마리알이 아닌 나를 쳐다보고 있다?

그런데 그때 난 가면을 쓰고 있었잖아? 얼굴을 보인 적이 없었을 텐데…….

그러나 지금 그건 분명 마리알에게 하는 말이 아냐. 그렇다면…….

나는 살짝 고개를 끄덕여봤다. 이 동작이 무슨 의미인지 눈치채지 못했다면 시녀 하나가 고개를 살짝 흔들었구나, 하고 여길 만큼 살짝…….

그러자 남작이 활짝 웃으며 고개를 크게 끄덕여주었다. ……나를 보면서.

……완전히, 들통났네…….

뭐, 상관없어!

"마리알 님이 위기에 처했을 때 도움을 받도록 하지요……."

내가 시녀인 척 끼어들자……, 주인과 다른 귀족이 대화를 나누고 있는데 끼어드는 시녀가 있을 리가 없지만……, 남작이 또 다시 고개를 크게 끄덕였다. 그 뒤에 그는 마리알과 실무 이야기를 나누고서 떠났다.

"카오루 님, 방금 그 분은……."

카오루 님이라고 불리긴 했지만, 이곳에는 우리와 마리알의 가신, 사용인들뿐이니 뭐, 상관없나.

"예전에 병에 걸린 그 가문의 장남을 치료해준 적이 있어. 그저 그뿐이야."

"""""............."""""

어쩐지 레이펠 자작가 일동이 어이없는 표정을 지은 것처럼 보였다.

어, 방금 그 대사에 어이없어할 만한 내용이 있었던가?

분위기를 다잡고서 다음 손님을 들였다.

"'그리폰 상회'를 운영하고 있는 에렉딜이라고 합니다!"

"아……."

"어? 아……."

눈을 마주치자 굳어지는 나와 손님.

그렇다. 아는 사람이다. ……일전에 수도에서 '편리한 가게, 벨'을 방문했던 4명의 상인들 중 새치기를 하려고 했던 사람.

"어째서 이곳에……."

아니, 그렇게 물어본들 내가 알게 뭐야…….

"아니, 수도를 한 번 둘러볼 작정으로 임시로 자작가에 시녀로 취직했는데 무슨 문제라도?"

딱히 나와 상하관계가 있는 건 아니니 반말이다, 반말!

"…………."

에렉딜이라는 그 상인은 미묘한 표정을 지었지만, 달리 할 말이 떠오르지 않는지 나를 무시하고서 마리알에게 말을 걸었다.

"이번에 만남을 허락해주셔서 감사합니다. 우리 '그리폰 상회'

는……."

그러나 두 가신들과 내가 이미 탁자 위에 올려둔 손으로 신호를 보냈다.

'신용할 수 없는 인물.'
'신용할 수 없는 인물.'
'신용할 수 없는 인물.'

응, 나와 두 가신들의 의견이 일치되었다.

그 신호를 보고 마리알이 고개를 끄덕였으니 아무 약속도 하지 않고 적당히 응대하겠지.

"……그럼 조심히 돌아가시길……."

몇 분 뒤 상대의 요청을 모조리 무시하고, 아무런 약속도 언질도 주지 않은 채 최단시간으로 면담을 끝마친 마리알은 조심히 돌아가라(당장 돌아가)는 주문을 읊으며 에렉딜을 쫓아냈다.

에렉딜은 아직 더 할 말이 남아 있는 듯한 표정이었지만, 역시나 노골적으로 물러가라는 표정을 짓고 있는 사람에게 매달릴 만큼 파렴치는 아닌 듯하다.

뭐, 오늘 프란세트는 시녀 복장이 아니라 평소처럼 기사 장비를 착용하고 있다. 어쩌면 칼자루에 손을 댔는지도 모르겠지만.

"자, 다음 분~."

그리고 상인 복장을 입은 아저씨가 들어왔다.

"아."

"아."

……응, 그때 방문했던 4명의 상인들은 수도에서 제법 잘 나가는 상회주인들이라고 했었지.

그렇다면 아까 그 상인, 에렉딜과 동일한 행동을 취하더라도 하나 이상할 것이 없다.

아니, 먼 발걸음을 하면서까지 만나려고 했어도 만날 수 없었던 여신의 금지옥엽이 자기 발로 와줬으니 안 올 리가 없겠지. ……당연한가.

그 뒤에 다른 상인들과 귀족들 사이에 끼어 있기는 했지만, 그 4명의 상인들을 모조리 만나보게 되었다.

아니, 모두가 나쁜 상인인 것은 아니다. 새치기를 시도했던 상인과 폭력을 휘둘렀던 상인을 제외한 두 상인은 평범하다. 상회주인이면서 위험을 무릅쓰면서까지 먼 발걸음을 하여 기회를 잡으려고 했던 의욕 넘치는 인물들이다. 그리고 정보수집능력도 높다.

그래서 마리알도 그 두 사람과는 평범하게 대화를 나눴다. 두 가신들도 '문제없다'는 신호를 보냈고.

그 뒤에 어떤 손님은 건성으로 응대하고, 어떤 손님은 우호관계를 맺거나 영지에서 나는 산물을 판매하기도 하고, 귀족이나 상인 그리고 왜 섞여 있는지 모를 신관 등의 손님들을 적절하게 처리하고 있으니 '그게' 왔다.

……그래, 도적으로 사기를 치려고 했던 귀족 말이다. 레이펠 자작가와 같은 파벌 소속이 아니었다. 조금 더 큰 파벌의 수장인 듯하다. 신전과 연관이 있다나 뭐라나…….

"초면이로군. 하루트 폰 하레이럴 백작이다. 여신님과 인연이 있다고 하니 신전과 굳건한 관계를 맺고 있는 우리 하레이럴가와 친교를 맺어 여신님의 은혜와 자비를 함께 향유하는 것이 어떠한가!"

……물론 이미 내가 '저 녀석이야!' 하고 신호를 보내뒀다. 그래서…….

"신전이 아니라 도적단과 굳건한 관계를 맺고 있는 게 아닌가요?"

마리알, 한가운데로 강속구!

뭐, 저런 상대를 상대해봤자 시간 낭비일 뿐이니까.

"뭐라……."

그야 뭐, 말문이 막히고 낯빛이 바뀔 만도 한가.

"무, 무슨 근거도 없는 소리를……. 증거라도 있는가!"

소녀를 상대로 말투가 갑자기 험악해지네. 초조한가?

그러나 마리알은 개의치 않는다.

"증거고 뭐고 여신님께 직접 들었으니까요. 그 이상 무슨 증거가 필요하다는 말이죠? 게다가 제게 무슨 말을 한들 헛수고예요. 전 사실을 알고 있으니 귀하께서 무슨 변명으로 얼버무리든 속지 않을 테고, 논파하려고 시도해본들 아무 의미도 없고요. 전 귀하한테 아무것도 원하는 것이 없습니다. 귀하가 무슨 말을 해본들 제가 여신님의 말씀이 거짓이고, 당신의 말이 진실이라고 여길 것 같나요? 다시 말해 도적을 시켜서 우릴 습격한 사람은 귀하입니다. 제 머릿속에서 그 사실이 변할 일은 절대로 없어요. 당연하잖아요?"

마리알의 그 말은 반론할 여지가 없다.

여신에게서 범인의 이름을 직접 들은 마리알이 그 말을 믿지 않을 리가 없다. 저 백작이 아무리 부정한들 쓸데없는 헛수고일 뿐이다.

애당초 저 백작은 신전파라면서 여신의 말씀을 부정할 작정인가?

그리고 마리알은 '도적을 시켜서 습격했다'고 지적했을 뿐 '도적이 가짜로 습격했을 때 도와주고자 사전에 배치해둔 기병들과 병사들'은 전혀 언급하지 않았다. 그러니 이대로 놔둔다면 저 백작이 진심으로 우리를 습격하려고 했다고 이야기가 진행되겠지.

……그러나 이 대목에서 '실은 도와주려고 병사들을 준비해뒀었습니다' 하고 말할 수 있을 리가 없다. 그건 도적을 시켜서 우리를 습격하게 했을 뿐만 아니라 사기까지 치려고 했음을 자백하

는 거나 마찬가지니까.

그래도 '도적을 시켜서 습격했다'고 끝맺는 것보다는 '사기를 쳐서 친해질 계기를 만들고 싶었을 뿐 애초부터 위해를 가할 생각은 없었다'고 말하는 편이 훨씬 나을 것 같은데 말이지. 도적에게 의뢰를 했다는 사실이 발각된 이상…….

난처한 나머지 백작이 식은땀을 다 흘리고 있다.

아니, 그래도 그 병사들이 보고를 올렸을 거 아냐? 마리알이 아직도 여신의 종인 새와 개들의 보호를 받고 있다고……. 그럼 여신의 시선이 아직도 마리알에게서 완전히 떠나지 않았다고 판단하는 게 보통 아냐? 그런데 어째서 그 가능성을 염두에 두지 않았던 걸까?

……혹시 마리알이 여신의 총애를 받았다는 걸 믿지 않는 건가?

가짜라고 생각하면서도 이용하고자 접근하려고 했나?

응, 그렇지 않다면 여신이 지켜보고 있는 사람에게 사기를 치거나, 싸움을 거는 짓을 할 리가 없겠지~.

처음에는 '마리알한테 위해를 가할 생각은 없었을 테니 그리 나쁜 사람은 아니겠지……' 하고 생각했는데, 곰곰이 생각해보니 '도적과 친한 귀족'이라니…….

아웃!

아우으으으으으웃~~!!

당연히 악당이잖아!

지금껏 도적을 이용하여 온갖 짓을 저질러왔을 거야!!

그런데 멍하니 무슨 생각을 하는 거람? 나도 참……

"제가 고소를 했고, 법정에서 어떻게든 죄를 면해보려고 필사적으로 변명하는 거라면 그나마 이해가 됩니다. 그런데 '사실을 알고 있는' 제게 변명을 해서 뭘 어쩌자는 건가요? 이 사실이 다른 분들께 알려지길 원치 않는다면 체념하고 당장 돌아가 주세요!"

아, 마리알이 대놓고 불쾌해하자 역시나 체념했나? 백작이 순순히 꼬리를 내리고서 퇴장했다…….

그리고 마리알은…….

"알려지길 원치 않는다면 돌아가라고 말하긴 했지만, 돌아가면 알리지 않겠다고는 말한 적이 없네요……. 그 사람은 알려지길 원치 않아서 돌아갔을 뿐이니 제가 무슨 행동을 하든 전혀 무관합니다!"

응응, 세상 풍파를 적당히 겪으며 노련해졌구나. 마리알…….

그리고 그 뒤에 여러 방문객들을 상대하고 있으니…….

깜짝!

실내에 들어와 우리를 보자마자 깜짝 놀란 반응을 보인 사람이 있었다.

한순간이긴 했지만 분명 놀란 표정을 지었다. 경직된 듯한 반응을 보였다. 그리고 금세 표정을 되돌렸다.

……응, '한순간 경직되었을 때' 내 쪽을 쳐다봤었지.

"'밴시 상회'를 운영하고 있는 도블이라고 합니다. 여신님의 금지옥엽이신 레이펠 자작 각하를 뵙게 되어……."

마리알은 그 상인도 지금껏 방문했던 다른 손님들처럼 가볍게 응대했다.

그리고 그 상인이 그 누구보다도 끈질기게 달라붙자 마지막에 마리알은 불쾌한 감정을 숨기지 않고서 쫓아냈다. 나는 그녀에게 '미안, 잠깐만!' 하고 양해를 구하고서 상인이 나간 문과는 다른 문으로 뛰쳐나갔다.

그대로 정면 현관이 아닌 다른 출입구를 통해 밖으로 나가 오른손을 들자…….

출입구 근처에서 대기하고 있던 것이 날아왔다. ……문자 그대로 '날아서'.

나는 그대로 달려서 여관 건물을 우회하여 한 남자를 가리켰다. ……그래, 언짢아하는 얼굴로 씩씩거리며 밖으로 나온 아까 그 상인을.

'저 녀석을 미행해!'

'알겠어!'

내가 지시를 내리자 '그것'은 대답한 뒤 그 남자에게서 조금 떨어진 상공 위를 선회하며 날기 시작했다.

……그렇다, 물론 레이펠 자작가가 데리고 있는 '새 군단'의 정예다.

아니, 물론 아까 그 면담을 지켜봤으니 상대의 이름과 상호는 알고 있다. 그러나 상호와 이름으로 가게 위치나 상대의 거처를 조사하는 것보다는 미행하는 편이 빠르다. 타지인이 여기저기 캐묻고 다니면 위병이나 상대가 알아차릴 가능성도 있고…….

그래서 일단 그 도블인지 뭔지 하는 남자의 소재지를 자력으로 밝혀내기로 했다.

지금 나는 변장 같은 걸 하지 않았다.

요 4년 동안에 나는 모두에게 '사도님'으로 알려졌고, 강화회의에서는 세레스가 강림했으며, 발모어 왕국을 떠나 여행을 즐겼다. 그 동안에 나를 직접 보거나, 화가를 고용하여 내 초상화를 그려서 타국으로 가져간 사람들이 제법 많을 거라고 생각한다. 그러니 발모어 왕국에서 멀리 떨어진 이 나라에 내 얼굴을 아는 사람이 있더라도 이상한 일은 아니다.

그러나 내가 누군지 눈치 챘으면서도 일절 언급도 하지 않고 모르는 척한다면…….

그래, '수상한 자'라는 뜻이지.

"기다리게 해서 죄송합니다!"

그리고 서둘러 방으로 돌아가 손님 응대와 면담 일정에 복귀했다. 면담을 기다리는 사람이 아직도 남아 있었다.

자, 그럼 면담을 재개하자…….

흠칫!

흠칫!
흠칫흠칫!

"······어?"

그 뒤로 나를 보고 순간 굳어버리거나, 아무것도 아니라는 듯이 무시하는 손님들이 속출했다.

대체 뭐지?

내가 골똘히 생각에 잠겨 있으니 로랜드가 불쑥 중얼거렸다.

"······그저 카오루의 눈매에 겁을 집어먹은 거 아닌가?"

빌어먹을!!

나를 보고 반응을 보인 사람에게는 전부 미행을 붙였다.

이럴 줄 알고 미행요원을 잔뜩 준비해뒀다. 후하하······.

그보다는 이번에 동행한 새 군단 모두가 인근 나무 위나 지붕 위에 앉아 대기하고 있을 뿐이지만.

······기껏 수도까지 따라왔는데 재밌을 것 같은 일이나 특별보수를 받을 수 있는 기회를 놓칠 녀석들이 아니지.

으, 그러니까 다들 머리가 너무 똑똑하잖아! 세레스, 뭔가 수작을 부린 거 맞지!!

'머리를 똑똑하게 하는 마법'을 부디 내 머리에도······. 으, 그런 생각을 하면 안 돼. 생각하면 안 돼!

틀림없이 뭔가 함정이 도사리고 있지 않을까?

아니, 아니, 아니, 아니, 머리가 똑똑해지면 그건 이미 내가 아니다. 다른 사람이다. 포션으로 눈매를 귀엽게 하거나, 가슴을 키운 내가 '자기 자신'이 아닌 것처럼……. 으, 시끄러워!

**

"카오루 짱, 지금껏 만났던 사람들 중에 우리가 찾던 배후가 있었어?"

"으~음……."

프란세트가 묻자 나는 신음할 수밖에 없었다.

일단 에밀과 벨에게는 새들을 따라서 '날 보고 반응을 보였던 모든 손님'의 집을 확인하고 기록해두라고 지시해뒀다. 그러나 전부 꽝이었다. 면담하는 동안에는 많은 사람들이 반응을 보였건만 그 뒤에는 별다른 일이 벌어지지 않았다.

만약에 내가 누군지 알아차렸다면 귀가한 뒤에 금세 무언가 행동을 취하는 게 보통이잖아…….

그렇다면 이번에 마리알과 면담한 손님들 중에는 없었다는 건가?

역시 일이 그리 쉽게 풀릴 리가 없나…….

그래도 일부러 그 먼 동네까지 사람을 보낼 정도이니 나름 나를 집착하고 있겠지.

방비가 삼엄한, 귀족인 마리알에게는 억지로 접근하지 않고, 평민으로 살고 있는 나와는 평소에 자연스레 접촉하지도 않고, 초장부터 느닷없이 인질을 잡는 강행책을 펼친 녀석이다. 이런 절호의 기회를 놓칠 리가 없는데…….

  ……아.

  "마리알한테 면담을 요청한 사람은 이게 전부?"

  접수 업무를 맡은 마리알의 가신들에게 물어보니…….

  "아뇨, 귀족가는 본인이든 대리로 가신을 보냈든 모두 신청을 접수했습니다만, 상인은 상회주인이 직접 오지 않은 자, 평판이 나쁜 자, 그리고 태도가 불손하거나 품행이 저열한 자들은 신청을 받지 않고 모두 쫓아냈습니다. 또한 대규모 상단을 중심으로 신청을 받았고, 중규모 상단을 비롯한 소규모 상단은 어지간히도 평판이 좋지 않은 한 신청을 받지 않았습니다. ……그런 상단까지 신청을 다 받으면 인원수가 너무 늘어나버려서…….."

  아~, 그것도 그런가? 다들 밑져야 본전이라는 심정으로 면담을 신청했겠구나.

  면담을 신청 받을 때 거액의 참가료를 받을 걸 그랬네. 그렇게 했다면 인원수를 줄일 수 있을 뿐더러 짭짤한 수익을 거뒀을 텐데.

  그러고 보니 귀족가 사람들은 전부 면담 신청을 받아준 모양인데, 그래서 아까 귀족을 대신하여 온 가신에게는 냉담하게 굴었던 거구나, 마리알.

뭐, 당연한가? 상대가 '고작 자작가의 어린 아가씨이니 대리로 가신을 보내도 돼' 하고 생각한다면 그에 상응하는 태도를 취하는 게 인지상정.

사실은 가신을 일부러 보내서 저녁 식사나 파티 등에 초대할 작정이었는지도 모른다. 그러나 마리알이 낯선 귀족의 초대를 받아 한나절을 낭비할 리가 없다.

더욱이 저녁 식사나 파티에 참석하면 호위도, 우리도 대동할 수가 없기에 마리알이 적지에서 고립되어 공격을 받고 만다. 그러니 보낼 수가 없다. 물론 마리알 본인도 애초부터 그런 초대에 응할 생각이 눈곱만큼도 없었고.

그래서 일부러 가신을 대신 보내 초대장을 들이밀었던 귀족들은 전멸.

귀족가 당주도 아닌 가신과 입 아프게 교섭을 벌어본들 무의미하다. 그래서 마리알은 그런 상대와는 구체적인 이야기를 나누지 않고 인사만 듣고서, 물론 초대 등은 모조리 거절한 뒤 돌려보냈다.

사자역을 맡은 가신들은 창백한 얼굴로 필사적으로 매달리려고 했지만, 그런 사람들과 어울려줄 의리는 없다. 상대가 백작가이든 후작가이든 마리알은 개의치 않는다.

신분이 높은 사람이 초대한 자리에 모조리 참석하는 건 불가능하다. 그리고 어디까지나 일정이 맞지 않아서 초대를 거절했을 뿐이니 무례하다고 비난을 받을 이유는 없다.

만약에 꼬투리를 잡을 작정이라면 파벌의 고위귀족들이 지켜줄 테지.

……특히 그 파벌 구성원이 '젊고 귀엽고 미혼여성인 귀족가 당주, 더욱이 여신의 금지옥엽'이라면 파벌 전체가 총력을 기울여 지켜줄 것이다. 그런 때를 위하여 '파벌'이 있는 거니까 써먹지 않으면.

……그러니 아무 문제도 없다. 그리고 그럴 것이다.

그러나 문제는 '신청을 받지 않은 상인들'이다.

그자가 귀족이나 대상인이라면 평범한 수단으로 마리알, 그리고 나와 접촉하면 된다. 그 4명의 상인들처럼.

그런데 처음부터 느닷없이 내 관계자에게 손을 댔다.

그렇다. 그건 다시 말해 '그런 상대'라는 뜻이다.

……난 어째서 그걸 눈치 채지 못했을까…….

"면담을 거절한 인물 목록이 있나요?"

"예, 물론. 그런 자들을 기록해두면 나중에 뭔가 도움이 될까 싶어서……."

응, 역시 유능한 가신은 다르구나…….

제40장 사교

나와 프란세트는 둘이서 여관을 나와 수도를 어슬렁어슬렁 산책하고 있었다.

나는 시녀복이 아니라 살짝 부티가 나는 고급스러운 옷을 입었다. 프란세트는 기사 장비가 아니라 메이드 같은 복장을 입었고, 검을 '통처럼 생긴 무언가'로 위장하여 들고 있었다.

나는 포션으로 머리카락이나 눈동자 색깔을 바꾸거나, 테이프로 눈매를 내리는 등 변장을 하지 않았다.

지금껏 변장을 하지 않았는데 새삼스레 변장을 한다면 레이펠 자작가 사람이라면 모를까, 다른 사람들이 수상쩍게 여길 테니까. 마리알의 곁에 오랫동안 있었으니 제법 많은 사람들이 내 얼굴이나 머리 색깔 등을 기억하고 있을 테지.

그리고 변장을 하지 않은 가장 큰 이유는 '한시라도 빨리 결판을 짓기 위해서'다.

마리알의 용무도 끝났고, '편리한 가게, 벨'도 문을 닫은 지 오래 되었고, 이곳에서는 그 동네에서처럼 맛있는 해산물을 먹을 수가 없다.

……아니, 아이템 박스 안에 해산물이 상당히 들어 있긴 하지만, 갓 잡은 해산물을 먹으면 신선하다는 기분이 드니까.

더욱이 마리알의 시녀로 근무하고 있는데 여관 주방을 빌려서 자기들끼리 멋대로 요리하여 먹을 수는 없는 노릇이고.

그래서 빨리 이번 사건을 처리하고 싶다구. 그래서 뭐, '미끼'를 던졌다. 마리알이 아닌 나와 억지로 접촉을 하려고 꾀하는 자를 낚기 위해서…….

사악한 짓을 꾸미고 있다면 여관 현관문을 감시하고 있을 테지. 마리알이 외출하면 우연을 가장하여 접촉하기 위해서. 그리고 사용인이 외출한다면 마찬가지로 접촉하여 매수하거나 협박하여 정보를 캐내기 위해서.

……물론 자신의 이름이 드러나지 않도록 부하를 시켜서.

그래서 그 감시인에게 보기 좋게 미끼를 던졌다. '시녀였던 사람이 사용인이 입을 리가 없는 옷차림으로 메이드를 하나 대동하고서 외출'했으니 당장 고용주에게 보고하지 않고는 못 배기겠지.

나……라고 해야 하나? '발모어 왕국의 사도님'의 용모를 아는 사람이 있다면 덥석 물 것 같은 미끼를…….

그런 생각을 하면서 거리를 돌아다니고 있으니 드디어 왔다.

"죄송합니다. 잠시 실례해도 되겠는지요?"

쉰 살쯤으로 보이는 남성이 말을 걸었다. 체형이 뚱뚱한 것으로 보아 전투직은 아닌 듯하다. 분위기도 온후해서 은거하고 있는 상단 주인 같은 느낌이었다.

그래도 물론 겉모습만 보고서 마음을 열지 않는다. 사기꾼은 하나 같이 성실하게 보이거든.

프란세트가 들고 있던 통 안으로 오른손을 집어넣었다.

······물론 그 안에 있는 검을 쥐었겠지. 설령 저 남자가 느닷없이 품속에서 단도를 꺼내려고 할지라도 그보다도 더 빨리 남자의 두 팔을 잘라버릴 것이 틀림없다.

그걸 알기에 프란세트도 그렇게까지 긴장하지는 않았다. 그러나 저 남자가 암기······, 입에 물고 있던 바늘로 찌른다든지, 독 연기를 뿜어낸다든지, 화약으로 자폭한다든지······, 하는 수법을 쓸 수도 있고, 복병을 숨겨뒀을 가능성도 있기에 경계를 완전히 풀지는 않았다.

"당신은?"

"예, 브루스 사교님의 의뢰를 받아 사교님과 사도님의 만남을 알선하는 역을 맡은 고스콜이라고 합니다. ······알선하는 역할이라고 말씀드렸지만 사실 사도님을 뵙기를 원하는 브루스 사교님께 안내하는 역할에 불과합니다만······."

예상과 달리 상인이 아니라 신전 측에서 접근했네······.

그러나 마리알이 아닌 나에게 접촉해왔다는 건 내가 누군지 알고 있거나, 혹은 레이펠 자작가의 사용인을 매수하여······. 으, 바보냐! 방금 저 남자가 '사도님'이라고 했잖아······. 왜 바보처럼 구는 거야······.

뭐, 신전이 발모어 왕국에서 벌어졌던 사건을 상인보다도 더 자세히 알고 있더라도 하나도 이상할 게 없으려나? 사족이 덕지덕지 붙은 소문들을 통해 정보를 모으는 상인들과는 달리 꽤 정확한 정보를 갖고 있을지도······.

마찬가지로 왕궁에서도 정확한 정보를 입수하고자 애쓰고 있을 테지만, 그쪽으로 들어가는 '정확한 정보'는 '발모어 왕국 왕궁이 흘린 소문이나 공식 발표'가 중심이라서 우리 국왕님의 정보 조작에 걸려들 수밖에 없겠지…….

　뭐, 그런 이유로…….

　"그럼 안내를 부탁합니다."

　응, 당연히 응해야지. 수상쩍은 초청에는.

　왜냐면 애초에 그런 사람들을 유인하려고 산책을 나선 거니까…….

**

　"어서 오십시오. 사교를 맡고 있는 브루스입니다."

　뚱뚱한 남성, 고스콜을 따라서 간 곳은 내가 묵고 있는 여관보다 조금 등급이 낮은, 그래도 그럭저럭 고급스러운 한 여관이었다.

　그중 한 객실 안으로 들어갔는데, 뭐, 이 정도 수준의 여관이라면 여성이 큰소리로 도움을 요청하더라도 무시하지는 않겠지. 설령 그 사람이 숙박객이 아닐지라도.

　뭐, 굳이 말하자면 무슨 사태가 벌어졌을 때 큰소리로 도움을 요청하게 될 사람은 우리가 아니라 상대방일 테지만. 뛰어난 반사 신경으로 기습에 대응할 수 있는 프란세트와 시간적인 여유만 있다면 아이템 박스와 약품생성능력을 쓸 수 있는 나에게 빈틈이란 없다! ……고 생각한다.

"카오루입니다. 이쪽은 메이드. ……그런데 내게 무슨 용건인가요?"

프란세트와 왕형 로랜드가 내 여행에 동행하고 있다는 건 공표되지 않았다.

……아니, 애초에 내가 여행을 떠났다는 것 역시 공표되지 않았지만.

여하튼 현재 발모어 왕국의 국명 다음으로 널리 알려져 있는 '귀신 프란'의 이름을 밝혀서는 안 된다.

나? 나는 '사도님'이라는 호칭으로 알려져 있고, '카오루'라는 이름은 지명도가 프란세트보다 훨씬 낮다.

아니, 별로 안 분한데? 진짜래도!

여하튼 프란세트는 요상한 통을 들고 있는 평범한 메이드로 소개하고서 내 이름만 밝혔다. 브루스 사교는 나를 표적으로 삼고 있으니 메이드 따윈 거들떠도 보지 않을 테지.

저 브루스 사교는 누구이며 대체 무슨 목적으로 나에게 접근했을까…….

"곧바로 본론부터 꺼내게 되어 송구스럽군요. 실은 전 이 나라 사람이 아닙니다. 브란코트 왕국에서 온 왕궁파 신관입니다."

어…….

그 스토커 왕태자의 나라인 브란코트 왕국. 그 나라의 신전도 이 나라나 발모어 왕국과 마찬가지로 왕궁과 권력을 두고서 다투고 있다. 그러니 '왕궁파 신관'이 있을 리가…….

그러나 세레스의 강화회의 강림사건 이후로 각국마다 신전의 위상이 크게 달라졌다고 하니 그 이후에 제도나 정세가 바뀌었더라도 전혀 이상할 게 없나…….

그 왕태자의 끄나풀이라면 질색이겠지만, 아무래도 그런 것 같지는 않다.

그나저나 용케도 이런 데까지 쫓아왔네. 그 스토커 왕자조차도 포기한 것 같은데…….

그래서 용건이 뭘까?

"실은 우리나라의 차기 국왕으로서 사도님과 척을 진 페르난 왕자가 아니라 총명한 제2왕자 기스란 님이 더 적합하다는 목소리가 다수를 차지하고 있는 실정이온데……. 허나 무능하고 무례한 페르난 왕자를 추천하는 어리석은 자들도 있기에 나라의 장래를 염려하는 자들 사이에서 페르난 왕자를 배척하자는 분위기가 고조되고 있어서……."

뭐야? 단순한 집안 싸움이었나…….

뭐, 당사자들에게는 지극히 중요한 문제일지도 모르겠지만, 관계가 없는 사람으로서 아무래도 상관없는 이야기다. 누가 왕이 되든지 농민이나 타국 사람에게는 별 영향이 없다.

……엄청난 바보가 왕이 되는 게 아니라면.

나와는 관계가 없는 일이다.

그러나 딱 하나 짜증나는 것이 있었다.

아무래도 집안 싸움을 벌이는 이유 중 하나가 나와 연관이 있는 듯했다.

분명 그 스토커 왕자가 여러모로 민폐를 끼치기는 했다.

그래도 그로부터 몇 년 동안 소문을 들어보니 그 왕자는 나와 관련한 문제를 제외하고는 비교적 똑바로 처신하고 있으며, 차기 국왕으로서 그리 나쁜 인물은 아닌 듯했다.

그에 비해 제2왕자는 머리도, 성격도 나쁘다. 뭐, 굳이 말하자면 '간신들이 이용해먹기 딱 좋은 인물'인 듯하다.

다시 말해 내 이름을 들먹이며 왕위를 빼앗으려는 건 불쾌하다고 해야 할까…….

그런데 왕궁에서 벌어졌던 파티 사건과 그 뒤에 페르난을 애써 피해왔던 내 행적을 이유로 들며 나를 제멋대로 제2왕자파로 삼아 이용하고 있는 듯한데…….

발모어 왕국의 왕도에 있었을 때 제2왕자 일파가 성가시게 접근하려고 해서 그쪽도 따끔하게 거절한 바가 있다.

애당초 브란코트국의 왕궁에서 벌어진 파티에서 일을 저질렀던 '카오루'는 미르파 카오루 나가세, 발모어 왕국의 사도님인 '카오루'는 알파 카오루 나가세이니 두 사람은 별개 인물이라고 했을 텐데, 제멋대로 동일인물이라고 떠들어대며 이용하는 것도 유쾌하지 않다.

"그래서 사도님께서 기스란 님을 지지한다는 의사를 정식으로 표명해주십사 해서……."

내가 입을 다물고 있자 브루스 사교가 눈치도 없이 제멋대로 떠들어대고 있다. 자기들이 멋대로 '알파'와 '미르파'를 뒤섞었다는 걸 자각하고 있는지 궁금하네……. 다른 사람에게 거짓말을 하는 거라면 모를까 어째서 당사자인 나에게 그 이야기를 하는 거지?

그때 내가 거짓말을 했다고 생각하는 건가? 아니면 정확한 이야기를 모른다? 으으음…….

뭐, 어느 쪽이든 내 대답은 하나다.

"격이 떨어지는 사람한테는 흥미가 없습니다."

"엇……."

응, 옛날부터 나는 타인과 정치와 종교, 좋아하는 프로야구팀, 좋아하는 라멘 이야기를 나누지 않는다. 대부분 분란만 일으키고 끝나니까.

"……이, 이 악마의 사도 같으니!!"

어?

뭐야? 태도를 갑자기 싹 바꾸네?

아무리 그래도 끓는 점이 너무 낮잖아?

적어도 나를 여신님의 사도라고 여기고 있었잖아?

아무리 기대하던 대답을 듣지 못했다고 해도 느닷없이 나를 '악마의 사도'로 진화시킨다? 아무리 그래도 조금 이르지 않나?

부자연스럽다. 너무나도 부자연스러워. 마치 애초부터 그런 생각을 품고 있었는데 무심코 입 밖으로 튀어나온 것처럼…….

……으, 그러고 보니 옛날에 있었지. 나를 악마의 사도라 불렀

던 사람들이⋯⋯.

그렇다. 지금은 멸망한 종교국가 루에다의 성직자들.

"루에다의 잔당인가⋯⋯."

"아닛, 어떻게 그걸!"

아~, 바보가 여기 있었다⋯⋯.

아마도 저 인간은 언제나 남을 속이거나, 계략을 거는 측에 속
해 있었지, 자신이 계략에 걸린 적은 없었겠지. 여신님이 실존하
는 세계에서 성직자를 속이려는 사람은 거의 없을 테니까.

"루에다에서 도망쳐 브란코트 왕국의 바보 차남한테 빌붙어 또
간계를 꾸미냐? 질리지도 않나봐⋯⋯."

"이, 이놈이⋯⋯."

내가 코웃음을 치자 신관이 노여움을 감추지 않았다. 아무래도
애초부터 나를 경의하는 마음 따윈 눈곱만큼도 품지 않았던 듯하
다. 그저 이용할 작정이었는지, 무언가 함정에 빠뜨릴 작정이었
는지, 아니면 빈틈을 보아 살해하여 후환을 없앨 셈이었는
지⋯⋯.

어느 쪽인지는 모르겠지만⋯⋯.

"죽어라아아아아아!!"

슝!

아, 역시 살해할 작정이었나⋯⋯.

어쩌면 바로 지금 살의를 품었는지도 모르겠지만, 품속에 나이
프를 숨기고 있었으니 뭐, 굳이 말할 필요는 없겠지.

"꺄아아아아아아아~~!!"

신관이 휘둥그레진 눈으로 손목이 잘려나간 두 팔을 쳐다봤다. 그의 손이 나이프를 쥔 채로 바닥에 굴러다녔다.

싸울 줄도 모르는 일반인이 품속에서 느릿느릿 나이프를 꺼내고서 달려들었다.

프란세트도 그 광경을 넋 놓고 지켜볼 리가 없지.

"무, 무슨 일이십니까……. 아아아아~~앗!!"

여관 종업원이 달려왔을 때 이미 프란세트는 검을 집어넣고서 '수상한 통을 들고 있는 일개 메이드'로 복귀한 뒤였다.

"도적입니다. 아무래도 신벌을 받은 것 같네요. '여신의 금지옥엽의 시녀를 협박하고, 자기 뜻대로 따라주질 않자 입을 막고자 덮쳤던 신관을 체포했다'고 왕궁, 신전, 그리고 금지옥엽님께 알리세요. 자, 어서!"

"아, 아아아, 옙!"

좋았어. 큰 소란이 벌어지거나, 범죄자 취급을 받아 붙잡히지 않도록 선수를 쳐서 그렇게 둘러댔으니 원만히 수습되겠지.

신관은 격통과 공포와 절망 때문에 혼란스러워서 도저히 상황을 설명할 수 있는 상태가 아니었다. 누가 잡으러 올 때까지 아우성치며 바닥을 굴러다니는 게 고작이겠지.

이 다음에는 이 나라의 경리가 얼마나 사정청취를 잘 하는지 지켜보도록 하자.

아, 우리를 여기까지 안내해준 뚱뚱한 사람은 객실 구석에 쪼

그려 앉아 벌벌 떨고 있다.

아무래도 감히 도망칠 마음조차 품지 못한 듯하다.

……노려보는 프란세트의 눈이 무서워서.

응, 나가세류 예안술(睨眼術)을 완벽하게 전수받았구나. 프란!

**

"……그래서 그렇게 됐습니다."

달려온 마리알과 로랜드 일행, 왕궁에서 보낸 근위병, 그리고 신전에서 보낸 신관과 신관병들에게 설명을 끝마쳤다.

그리고 무슨 영문인지 근위병과 신관병들 사이에서 서로 자기가 범인을 끌고 가겠다며 실랑이가 벌어졌다…….

아니, 어느 쪽이 끌고 가든 사정청취 결과만 제대로 알려준다면 나는 별문제 없다.

마리알을 경유하여 여신의 금지옥엽뿐만 아니라 사도님께도 어떤 음모를 꾸미려고 했는지 심문해달라고 부탁했으니 그 부분도 잘 해주겠지.

그걸 부탁하지 않으면 사용인을 협박하여 여신의 금지옥엽에게 무슨 음모를 꾸미려고 했는지만 심문할 테니까. 이번에 저 녀석들은 마리알뿐만 아니라 나를 표적으로 음모를 꾸미려고 했으니…….

속여서 이용, 여의치 않으면 제거. 그러려고 했을까?

하지만 그건 아무래도 상관없다.

문제는 사람을 고용하여 레이에트 짱을 습격한 게 저 녀석이냐는 것이다.

지금 나는 그 문제 말고는 눈에 뵈는 것이 없다.

**

결국 범인은 왕궁이 데리고 갔다.

뭐, 당연한가? 신전이 사법권을 갖고 있을 리가 없고, 자칫 국가 간의 문제로 발전할 수가 있는 안건이니 신전에게 맡길 리가 없다. 국왕이 친히 추국을 하더라도 이상하지 않은 안건이지.

신전과 왕궁에서 사람들이 오기 전에 잘려나간 손목은 아이템 박스에 회수했다. 절단된 양쪽 손목의 출혈은 포션으로 지혈했다. 그리고 '내가 사도라는 걸 절대로 말하지 마. 날 마리알의 시녀라고 증언해. 반성하고 제대로 증언한다면 나중에 손목을 붙여 줄지 말지 생각해볼 수도 있으니' 하고 말해뒀으니 뭐, 어떻게든 되겠지.

만약에 그 녀석이 나에 관해 불더라도 딱히 상관없다. 그때는 다른 나라로 이동하면 될 뿐이다. 치료약이 솟아나는 미니 여신상을 만들고서 도망쳤던 그때처럼…….

실은 우리끼리 직접 심문하고 싶었지만 여관 관계자나 다른 손님들이 모여들었을 뿐만 아니라 왕궁과 신전 사람들이 바로 달려와 줘서 그럴 만한 상황이 아니었다. 아쉬워라······.

뭐, '여신의 금지옥엽'의 위광을 빌려 심문에 입회하면 되겠지. 당사자이자 피해자이니 마리알이 입회하고 싶다고 요청하면다면 거절당할 리가 없겠지. 여차하면 왕과 직접 담판을 지을 수도 있고.

응, 편리하네. '여신의 금지옥엽.'

아니, '사도님'도 그 정도는 가능할 테지만, 나중에 성가셔질 테니까. '금지옥엽'을 들먹이면 나는 아무 것도 모른다며 발뺌할 수 있지만, '사도님'을 들먹이면 여러 곳에서 요청이 쏟아질 것 같으니까.

내가 '사도님'이 아니라고 아무리 말해본들 소용이 없었다. 그래서 이미 반쯤 포기한 상태다.

결국 '여신의 친구 분'이란 호칭은 발음하기가 나빠서인지, 언뜻 이해하기 어려워서인지는 모르겠지만 그다지 보급되지 않았어. 젠장!

**

왕과 직접 담판을 지을 필요도 없이 음모의 희생양이 될 뻔한 (그렇게 둘러댔다) 마리알, 그리고 그녀의 시녀이자 이번 사건의 직접 피해자이자 증인이기도 한 나와 프란세트는 취조 현장을 입회할 수 있었다.

이건 어디까지나 '취조' 현장이다. 심문은 나중에 전용 공간에서 이루어질 예정이란다. 뭐, 숙녀에게 보여줄 만한 건 아닌가?

……일단 내 머리는 '심문'이라고 받아들였다. 내 정신건강을 위해서 그 실체가 고문인데도 적당한 단어로 치환해준 게 아닐는지…….

그리고 놀랍게도 왕도 그 현장에 입회했다.

취조할 때 직접 끼어들지는 않을 테지만 뭐, 자국의 수도에서 '금지옥엽'이 모략에 휘말렸다는 소리를 들었으니 가만히 있을 수가 없겠지. 자칫 여신의 분노를 살지도 모르니까. ……그래, 이 세계의 여신은 그 세레스니까.

와야지~. 당연히 와야지~…….

그리고 취조관이 여러 가지를 캐내는 사이에 나도 틈틈이 옆에서 끼어들었다.

취조관은 달가워하지 않았지만, 배경이 되는 사정을 잘 모르면 적절하게 질문을 할 수가 없다. 마스리우스 백작령의 영도, 즉 마리알의 별택과 내 가게가 있는 그 도시에서 벌어진 고아와 레이에트 짱 습격사건이라든지, 브란코트 왕국의 내부 상황, 루에다 잔당과 관련한 정보를 캐내려면 내가 물어볼 수밖에 없다.

더욱이 내가 물어보면 범인이 필사적으로 설명해주니 취조가 더 순조롭게 진행될 테지.

그리고 범인의 답변을 듣고는 이번 사건은 자국 사람과 아무런 관련도 없고, 자국의 실책 때문에 벌어진 것도 아님을 깨달은 왕은 안도의 한숨을 내쉬었다. 취조관은 범인을 어떻게 할지 고민하고 있고, 우리는 향후 어떻게 대처해야 할지 고민했다…….

**

"철수해야 하나…….."

여관에서 나는 모두에게 그렇게 말했다.

아니, 해야만 하는 일이 있기야 하지만, 이 나라의 수도에서 할 일은 아니다.

일단 마리알을 호위하여 마스리우스 백작령에 있는 레이펠 자작가의 별택, 혹은 레이펠 자작령에 있는 본 저택으로 보내는 것이 급선무겠지.

……안전을 고려한다면 별택이 나으려나? 그리고 그 뒤에 더는 이상한 해코지를 하지 못하도록 루에다 잔당에게 응분의 조치를 취한다. 해야 할 일은 그뿐이겠지.

"어? 아무것도 안 하고 도망치는 겁니까!"

프란세트가 나약한 소리를 하지 말라는 듯이 딴죽을 걸었다.

"……조금만 곰곰이 생각해봐……. 적의 본거지는 여기가 아니잖아. 여기에는 말단밖에 없어. 그 말단도 이미 붙잡혀서 처분을 기다리고 있고. 그러니 여기서 도망치는 게 아니라 적이 있는 곳으로 진격하는 거야!"

"아……."

프란세트가 이야기를 듣던 도중에 활짝 웃었다.

싸우고 싶어서 몸이 근질근질하구나!!

그렇다. 그 사교가 내뱉은 정보에 따르면 루에다 성국의 악덕 신관 일파가 괴멸되었을 때 일부가 재빨리 자산을 긁어모아 금화나 보석, 고가의 미술품 등으로 바꾼 뒤 외국으로 탈출했단다. 그들은 발모어 왕국을 지나 브란코트 왕국으로 도망쳤다고 한다.

그 뒤에는 더욱 동쪽, 대륙부에 있는 국가로 달아난 자들과 브란코트 왕국에 그대로 눌러 앉아 재기를 도모하는 자들로 분열되었다. 또한 반출한 자산을 현금화하여 정재계에 파고든 자, 야심을 버리고 유유자적한 은거생활을 시작한 자, ……그리고 또다시 신관으로서 종교계에 복귀하려는 자들로 나뉘었다고 한다.

그들 중에서 동쪽으로 달아나는 자와 은거생활에 들어간 자들은 문제없다.

과거에 여러 악행을 저질렀다고는 해도 그런 자들을 굳이 응징할 생각은 없다. 나는 루에다 성국의 국민도, 경리도 아니니까.

그러나 브란코트 왕국에서 종교계나 정재계에 복귀하고자 꾀하는 무리. 그 녀석들은 위험할 것 같네.

순순히 '난 루에다의 잔당이다. 자산을 반출하여 달아났다'고 밝힌다면 현재 발모어 왕국의 후작령이 된 '발모어 왕국령 루에다'의 통치조직에서 그 잔당을 체포하고 재산을 몰수하기 위해서 인원을 당장 파견할 것이다. 브란코트 왕국도 루에다와 발모어 왕국의 내정에 간섭, 아니, 그보다는 여신 세레스티느에게 간섭

하고 싶은 마음이 아예 없을 테니 그자를 순순히 넘겨주겠지.

그래서 그들은 과거의 신분을 숨기고서 먼 나라에서 온 고위신관이라느니, 은거하던 현자라느니 수상쩍은 적당한 신분을 대며 활동하고 있다고 한다.

평범한 상황이라면 그런 자를 상대할 리가 없다.

……그래, 평범한 상황이라면.

루에다에서 반출한 막대한 재산에는 그 '상황'을 뒤집을 만한 위력이 있겠지.

둘 밖에 없는 내 친구 중 하나가 고서점에서 구입해왔다는 만화책을 읽고서 이튿날에 이렇게 말했다. ……'이 세상은 돈이 곧 힘이다!' 하고…….

제41장 귀향

그리고 우리는 당장 짐을 꾸려 귀로에 올랐다.

레이펠 자작가가 소속된 파벌의 수장인 세리드라크 후작과 왕, 신전의 대사교 등 여러 사람들이 필사적으로 마리알을 붙잡아두려고 했지만, '시녀가 습격을 받았으니 이 수도에 안심하고 머물 수가 없다'고 했다. 그래서 왕도, 그리고 하필이면 습격범이 신관으로 밝혀져 난처해진 신전 측도 더는 강요하지 못했다.

뭐, 굳이 그런 이유를 들먹이지 않더라도 마리알에게 억지를 부릴 수 있는 사람은 없지 않을까…….

범인에게는 '손목을 붙여줄지 말지 생각해볼 수도 있으니' 하고 말했으므로 일단은 약속을 지키려고 했다……. 생각해볼 수도 있다고만 했고 악당이니 무시해도 되지 않을까? 그러나 되도록 약속은 깨고 싶지 않은데……. 이리저리 고민하는 사이에 범인이 처형당해서 약속을 지키려야 지킬 수 없게 돼버렸다.

너무 일찍 처형이 되어서 놀라긴 했다. 그러나 그에게서 캐낼 만한 것은 전부 캐냈고, 그자가 이 나라와는 관련이 거의 없고, 그가 자백한 내용이 그다지 달가운 것이 아니었다. 이대로 놔뒀다가는 브란코트 왕국, 발모어 왕국, 그리고 루에다에서 제각기 신병을 넘기라고 요구할 것이다. 그리고 또한 루에다에서는 죽은 사교의 재산을 넘기라고 요구를 할 테지. 그래서 일이 복잡해지기 전에 후다닥 처형하여 이번 사건을 마무리하려고 한 듯하다.

뭐, 나중에 귀찮아질 것 같은 일은 싹부터 뽑아버리는 게 상책이니까. 응.

**

"이게, 뭐야?"

그리고 우리는 그리운 우리 집, 마스리우스 백작령 영도에 있는 '편리한 가게, 벨'에 돌아왔다.

마리알 일행은 이미 마스리우스 백작령 별택에 무사히 도착했다. 이곳은 마리알의 본거지인 레이펠 자작령 저택보다 훨씬 안전하다. 그리고 마스리우스 백작의 근처에 있으면 여러모로 편리할 테니까. 그래서 마리알의 부모님도 이곳에서 늘 머물렀던 거겠지.

마리알의 본 저택은 도적들이 20~30명쯤 습격하면 괴멸될 것 같고 말이야.

……마리알 본인이 예전에 말했었다. 그래서 당분간은 이쪽에 있는 편이 낫겠지.

뭐, '여신의 금지옥엽'에게 해코지를 할 사람이 있을 것 같지는 않지만, 노골적인 적대행위라면 모를까, 밤낮을 가리지 않고 매일 사람들이 몰려와 부탁할 게 있다며 넙죽절 공격을 퍼부어댄다면 마리알에게는 조금 버거울지도.

……그건 됐다. 그건 상관없는데…….

가게 문에 붙어 있는 이 수상한 종이는 뭐야?

'바로 연락해주길 바람. £ ∮§ 철의 성자.'

나니까 일부를 제외하고 읽을 수 있었지, 평범한 사람이었다면 아예 이해하지도 못했을 거야…….

그러나 일부이긴 하지만 내가 읽을 수 없는 단어가 있다니…….

진지하게 고민하고 있으니 뒤에서 로랜드가 말했다.

"아아, 이건 내게 보내는 내용이군."

어?

"왕족이 쓰는 암호문이야. 바로 연락해주길 바란다고 적혀 있군."

응, 그건 읽을 수 있다.

"그 뒤는?"

"그 부분은 £가 §에게 보낸다. 다시 말해서 보내는 이는 근위병 사자이고, 받는 이는 나라는 걸 뜻하는 심볼이야."

아아, 단순한 심볼 마크라면 그게 누굴 가리키는지 모르는 한 역시나 언어 마스터인 나도 해독할 수가 없구나…….

그럼 '철의 성자'는 뭘 가리키는 단어일까? 이 역시 대응하는 해독표가 없다면 해독할 수가 없나…….

내가 끙끙대며 고민하고 있으니…….

"그 '철의 성자'라는 건 그냥 여관 이름이야. 사자가 그곳에 묵고 있겠지. 애당초 그 부분은 암호가 아니라 평범한 글씨로 적혀있잖나?"

……너무 어렵게 생각했어. 젠장!!

어쨌든 왕형인 로랜드에게 전해야하는 급한 용건이 있는 듯하다. 가게 안에 있는지 하루에 여러 번 확인하면 될 일인데 굳이 남들의 눈에 띄는 종이를 붙인 것으로 보아 화급을 다투는 일인 듯하다. 그래서 가게에 들어가지 않고 그대로 그 '철의 성자'라는 여관에 가기로 했다.

한 번 가게에 들어가 엉덩이를 붙이면 몇 시간은 꼼짝도 하고 싶지 않거든. 짐도 전부 아이템 박스 안에 있으니 이대로 가는 편이 낫겠다고 판단했다.

한순간 벨과 레이에트 짱은 놔두고 갈까, 하고 생각했는데 어쩐지 성가신 일이 벌어질 것 같은 예감이 들고, 또한 벨이 순순히 집지키는 역할을 맡아줄 것 같지도 않고.

벨과 에밀은 분명 나에게 충실하다.

그러나 내가 시키는 대로 따르기만 한다는 뜻은 아니다. 나를 위해서 꼭 필요하다고 판단한다면 내 지시를 거역하기도 한다. ……물론 내가 절대로 어기지 말라고 당부한, 부조리하지 않은 '명령'을 거역한 적은 없지만…….

다시 말해 '날 버리고 도망가'라느니, '나보다 너희들의 목숨을 우선'하라는 명령은 절대로 따르지 않지만, 나에게 별 영향이 없는 명령은 일단 무조건 따른다. 설령 자신의 목숨이 위험에 처할 지라도.

……그래서 그러지 말라고 누누이 말했건만…….

지난번에 프란세트가 벨과 에밀에게 나쁜 영향을 끼치는 장면을 목격하여 다시 교육을 시키고 있긴 하지만…….

여하튼 현재 집을 지키라는 명령은 벨에게는 '부조리한 명령'에 해당한다는 뜻이다. 목숨을 바쳐서 지켜야 하는 내가 성가신 일에 휘말릴지도 모르기에 호위로서 그에 관한 정보를 모조리 파악해둬야 한다고 판단하는 건 지극히 당연하겠지.

뭐, 당장 내가 위험에 처한 것도 아니고 나중에 에밀에게 자초지종을 전해 들을 수도 있다. 내가 강하게 명령한다면 뜻을 굽힐 테지만 굳이 그럴 필요까지는 없다.

……그래서 다 함께 줄줄이 여관 '철의 성자'로 향했다.

**

"로랜드 님, 오랜만이옵니다!"

나라를 떠난 지 아직 몇 개월밖에 지나지 않았는데도 전령으로 온 근위병이 호들갑을 떨며 무릎을 꿇고는 고개를 숙였다.

뭐, 로랜드는 이래봬도 왕형이다. 더욱이 사고를 당해 크게 다치지만 않았다면 틀림없이 국왕이 되었을 것이다. 부상을 당한 몸이 치료되었으니 실질적으로 '원래 국왕이 되었어야하는 분'으로 대우할 만도 하겠지…….

뭐, 현재 국왕 폐하인 동생도 괜찮은 사람이고, 로랜드 본인이 '왕위는 그대로 동생이 앉는다'고 단언했으니 발모어 왕국은 왕위를 둘러싼 집안싸움이나 간신의 암약과는 거리가 먼 평화로운 나라이긴 하다.

……로랜드의 그런 신분이나 위상을 따져봤을 때 평소에 내가 너무 막 다루는 게 아닐까?

뭐, 어때? 내 입장에서는 여행에 억지로 동행한 그저 잡벌레일 뿐이다. 더욱이 나의 중대한 사명인 '구혼 활동'을 방해하려는 적의 간첩이자 기생충! 그렇게 대우해주는 것만으로도 감지덕지인 줄 알아!

"으음, 호들갑떨지 마라. 전령으로 혼자서 왔나?"

"이 나라의 수도에 2명, 그리고 혹시 몰라서 동방에 1명이 나가 있습니다!"

로랜드는 가족에게 근황을 보고한다면서 조국에 편지를 보내곤 한다. 아마도 그 핑계로 자신의 근황과 함께 우리의 동향도 함께 보고하고 있겠지.

이 도시에 온 전령은 가게를 정리한 흔적이 없는데도 우리가 보이질 않아서 무슨 영문인지 궁금했겠지. 그래서 무슨 사정인지 알아보고자 여기저기를 탐문했고, 도중에 '기적을 일으킨 조귀족 님이 수도로 떠났다'는 이야기를 들었을 것이다. 가게가 휴업을 한 시기와 주변 상황을 미뤄본다면 우리가 수도에 동행했다고 쉬

이 추측할 수 있겠지. ……바보가 아니라면.

그리고 정예 근위병 중에서 중요한 임무를 맡기고자 선발된 자가 바보일 리가 없다.

"그 네 사람은?"

나는 의문이 들어 바로 물어봤다.

그렇다. 발모어 왕국은 근위병들 중에서 4명을 선발하여 전령 임무를 맡겼다. 그리고 근위병과 4라는 숫자를 들으면 어느 네 사람이 떠오른다.

알리고 제국의 서방침공군을 영격했을 때 나에게서 네 자루의 '신검 엑스흐로티'를 하사받은 그 근위병들 말이다. 상식적으로 그들이 와야 하는 거 아닌가? 로랜드가 자신의 전속기사로 삼기도 했고.

그러나 이번에 온 전령은 그 네 사람 중 하나가 아니었다. 그렇다면 다른 곳에서 움직이고 있는 다른 세 사람도 그 네 사람과는 다른 근위병이겠지.

내가 별다른 배경 설명을 하지 않고 질문했지만, 전령은 무슨 의미인지 깨닫고서 대답해주었다.

"옙. '사벽(四壁)'은 경비 임무를 맡아 동쪽 국경에 나가 있습니다!"

'사벽'이란 물론 그 네 사람을 가리키는 말이다. 아마도 국가를 지키는 4개의 벽이라는 의미겠지.

당연히 내가 누구인지 아는 전령은 로랜드를 대하듯이 내 질문에도 존댓말로 깍듯하게 대답해주었다.

……그러나 고개를 약간 갸웃거리게 하는 답변이었다.

"국경 경비? 동쪽? 그런데 동쪽에 인접한 브란코트 왕국은 발모어 왕국의 가장 우호적인 동맹이잖아? 왜 그쪽 국경에, 더욱이 4명 모두를 보내서 지키도록 한 거야?"

"……지금 그 이유를 말씀드리려고……."

전령이 살짝 이맛살을 찡그리며 대답했다.

아~, '지금 말하려고 했다고요!' 라고……?

미안.

내키는 대로 마음껏 설명해주십시오…….

"인접국인 브란코트 왕국에서 정변이 발생했습니다. 현재 제2왕자파가 왕도를 장악했고, 제1왕자는 아마도 왕도에서 탈출한 것으로 추정됩니다만 확증은 없습니다. 그리고 일단 잠정지배자가 된 제2왕자는……."

응, 알고 있어. 무슨 짓을 벌였을지 뻔하다.

"제1왕자를 찾기 위해서 인원을 각지에 보냈고, 그와 동시에 군부와 민심을 장악하고자 전쟁 분위기를 고조시키고 있다?"

"옙. 역시 사도님이십니다……."

역시…….

너무 뻔해서 하품이 나올 지경이네!

나 참, 사극에 자주 나오는 뻔한 전개잖아. 그야말로 판에 박힌 전개다.

"그래서 폐하께서 로랜드 님께 말을 전하라고 지시하셨습니다. 보안을 위해서 문서가 아니라 구두로 전달하라고 하셔서……. 그럼 말씀드리도록 하겠습니다. '형, 당장 돌아와~!!' ……이상입니다."

……아, 로랜드가 탁자에 엎어져 축 늘어졌어…….

한심하다는 표정을 지을 것까지는…….

"자자, 그런 표정 짓지 말고……."

동생이 보낸 너무나도 한심한 전언을 듣고서 로랜드는 실망한 나머지 고개를 푹 숙였다.

뭐, 우애가 깊은 형제이니 귀여운 동생이 형에게 의지하는구나, 하고 여기고서 너그러이 넘어가줘. 여동생인 유키도 나에게 엄청 의지했고, 나도 오빠에게 엄청 의지했어.

그러니까 그 정도쯤은 괜찮잖아. 우애가 깊다는 증거라구.

……아, 남동생으로서는 딱히 상관없지만, 국왕으로서는 안 된다고? 뭐, 그야 그런가…….

"……그래서 어쩔 셈이야?"

아니, 로랜드가 앞으로 뭘 할지는 알고 있다.

그는 왕형이다. 조국과 동생, 그리고 가신과 국민들이 위기에 처해 있다. 이 상황에서 귀국하지 않는 녀석은 우리 파티에 필요 없다.

지금 내가 신경 쓰고 있는 사람은 프란세트다. 로랜드와 함께 돌아갈 건지, 아니면 이대로 나와 함께 여행을 계속할 건지…….

카오루의 **여동생** 1권 시점에서 디자인한 그림입니다…….

"카오루 님, 한동안 곁을 비우도록 하겠습니다."

프란세트는 주저하지 않고 지극히 당연하다는 듯이 말했다.

응, 뭐, 그 이외의 대답은 나올 수가 없지.

프란세트는 로랜드의 약혼자이자 왕국의 귀족이고……, 그리고 '기사'다. 딴말을 할 리가 없다.

그리고 로랜드 역시 프란세트가 그 말을 할 줄 알았는지 지극히 당연하다는 얼굴로 고개를 끄덕였다.

……응, 알고 있었어. 프란세트가 그런 녀석이라는 것쯤은…….

그리고.

"……그럼 부동산업자와 마구간에 가서 계약을 해지하고 올게. 내일 퇴거하면 되는 거지? 우리랑 거래를 해왔던 업자들한테는 카오루가 직접 다녀와."

"응, 알겠어. 양쪽 모두 이번 달에 이미 지불한 돈은 돌려줄 필요가 없다고 말해주고."

"라저!"

에밀이 그렇게 말하고서 곧바로 나갔다. 레이에트 짱을 안고 있는 벨도 당연하다는 표정을 짓고 있었다.

응, 내 마음을 알아줬구나.

""어?""

그리고 알아주지 않은 두 사람.

"저기 말이야. 왕도에는 내가 보호하는 고아들이랑 신세를 졌던 사람, 내가 도와줬던 사람 등 수많은 지인들이 살고 있어. 그리고 사람을 시켜 레이에트 짱을 습격한 그 빌어먹을 신관의 패거리들이 적한테 붙어 있잖아?"

그렇다. '적(敵)'말이다……. 지배자로 옹립된 제2왕자는 사도님이 왕이 되는 것을 찬동했다는 간신들의 꾐에 넘어갔을 뿐인지도 모르겠지만, 그딴 거 내 알 바 아냐.

그 모두가 적, 적이다!

"게다가……."

""게다가?""

로랜드와 프란세트가 추임새를 넣자 나는 분노를 실어 중얼거렸다.

"그 녀석들은 왕위 찬탈을 정당화하는 이유 중 하나로 날 이용했어. ……여신의 신탁을 날조하고, 그 진의를 왜곡하여 사리사욕을 채우기 위해서 유포한 자들을 내가 가만히 두고 볼 것 같아?"

로랜드와 프란세트가 바닥에 무릎을 대고서 고개를 숙였다. 전령으로 온 근위병도 함께.

응, 임시 귀향이다.

✻✻

'드디어 우리 차례인가!'

에드를 비롯한 말들이 오랜만에 활약할 차례가 왔다.

"우리가 여행을 떠나기 전에 살았던 나라로 급히 달려가 줘! 부탁해도 될까?"

""""물론이지!!""""

믿음직한 다섯 마리의 말들이 한 목소리로 외쳤다. 그리고 우리는 출발했다.

전투마차는 도시에서 조금 떨어진 뒤에 갈아타는 것으로. 그래서 지금은 내가 레이에트 짱을 안고서 에드의 등에 타고 있다.

마구간 이용 요금은 이미 정산을 끝마쳤다.

"좋아. 출발!"

고아가 위험에 처했다든지 정말로 한시가 급한 긴급사태라면 자중하지 않고 모든 수단을 총동원할 거다. 고속 크루저, 아니,

제트포일로 바다를 건넌다든가, 수직이착륙기나 헬리콥터, 혹은 활주로가 필요 없는 비행정으로 날아간다든가, 랜드 크루저로 가도를 질주한다든가…….

다만 큰 소동이 벌어지는 것만은 확실하다. 또한 배나 항공기

를 '포션 용기'로서 생성하더라도 그걸 누가 안전하게 조종할 수 있겠느냐는 문제도 있다.

랜드 크루저는 보통면허를 갖고 있는 나도 운전할 수 있을 것 같지만, 큰 소란이 벌어지겠지. 아마도 병사들이 강제로 정지시켜서 나를 취조하겠지.

마차나 통나무 같은 장애물 때문에 도로가 막힌다면 운행할 수가 없고, 도로나 다리 혹은 다른 마차 때문에 멈춰야만 하는 때도 있다. 일정 시간마다 휴식도 취해야만 하고. 쉬다가 포위를 당했을 때 애꿎은 병사들을 치고 달아날 수도 없는 노릇이고…….

응, 정말로 '일각을 다투는 긴급사태'가 아니라면 엄두도 못 내겠지.

그래서 평범하게 에드와 함께 가도를 곧장 달렸다.

포션을 마셔서 강화된 에드를 탄다면 여관에 꼭 묵어야 할 필요도 없다. 주로 야영을 하면서 계속 달려간다면 꽤 일찍 도착할 수 있을 것이다.

**

"……그런데 어째서 '사도님'이 계시는, 우리 발모어 왕국을 건드릴 생각을 했을까요? 지금은 잠시 나라를 떠나 있긴 해도 카오루 짱이 본거지로 삼은 나라에 손을 대다니. 제정신이 박힌 사람이 할 만한 생각이 아닌 것 같습니다……."

식사를 하고자 휴식했을 때 프란세트가 그런 말을 했다. 그러나 뭐 그건 어쩔 수 없다.

"'사도님'이 발모어 왕국을 버리고서 떠났다. 발모어 왕국은 여신의 가호를 잃었다고 여겼거나, 사도님이 제2왕자를 왕위에 세우고자 제1왕자를 거절했다고 여겼거나, 자기가 보고 싶은 현실만 보고 있거나, 아니면 누군가가 옆에서 부추겼거나…… 여신이 자기들을 돕고 있다고 착각하고 있는 게 아닐까? 누군가가 달콤한 말로 구슬려서……."

"아, 과연……."

내 설명을 듣고 프란세트가 선선히 납득했다.

로랜드의 이야기에 따르면 브란코트 왕국의 동쪽에 있는 나라, 도리스자트와 유스랄 왕국은 대국일 뿐만 아니라 배후에 강국이 위치하고 있어서 도저히 건드릴 만한 상대가 아니라고 한다. 그래서 찬탈을 정당화하기 위한 전쟁 상대로는 서쪽에 있는 발모어 왕국이나 아시드 왕국밖에 없다.

그리고 발모어 왕국은 '사도님이 적대하고, 여신님에게서 버림받은 나라'라는 구실로 전쟁을 걸기에 안성맞춤이란다.

아니, 아직 선전포고를 하거나 전투가 개시된 것은 아니라지만, 첩자나 앞잡이(현지영주형 정보제공자)에게서 얻은 정보와 주변 정세로 미루어 판단했을 때 거의 틀림없단다.

당첨될 나라는 아마도 하나.

역시나 양면 작전을 벌일 리는 없겠지.

그러나 실은 발모어 왕국은 자국의 남방에 위치하고 있으면서도 브란코트 왕국과도 국경을 접하고 있는 아시드 왕국과 비밀협정을 체결해두었다. 그래서 어느 한쪽이 침공을 받으면 다른 한쪽이 자동으로 참전하도록 되어 있다.

원래는 알리고 제국의 침공에 대비하기 위한 협정으로, 지난번에 강화회의를 마친 뒤에 두 나라만 극비회담을 열어 체결했다고 한다.

공표하지 않으면 전쟁 억지력이 없는 것이 아니냐고 생각할 수도 있겠지만, 억지 효과보다는 상대에게 기습 공격을 가하여 치명상을 입히기 위한 목적인 듯하다. 더욱이 두 나라가 결탁하고 있다는 것이 널리 알려진다면 다른 나라가 공연히 경계심을 품을 수도 있다나…….

뭐, 정치는 잘 몰라요. 건들지도, 참견하지도 말자.

……내가 아쉬운 경우를 제외하고.

그리고 우리 일행은 다시 나아갔다.

말 한 마리가 끄는 소형마차가 끼어 있는 대열치고는 상식 밖의 속도다.

……응, 그건 뭐, 에드와 그 친구들이니까. 더욱이 포션으로 도핑까지 해뒀다.

그래서 전령으로 온 근위병들과는 따로 행동하고 있다.

함께 이동한다면 그들과 속도를 맞춰야만 한다. 이동속도가 크게 떨어지겠지.

　로랜드의 복귀를 알리기 위해서 앞서 달려가더라도 무조건 우리가 먼저 도착한다.

　그래서 수도나 동방으로 향했던 세 사람에게 임무를 완수했다고 전할 필요도 있기에 그 전령은 도시에 남겨뒀다. 푹 쉬고 있으라는 뜻이다.

　그리고 우리는 마이페이스로 이동.

　우선은 브란코트 왕국을 돌파하여 옛 둥지인 발모어 왕국으로. 그 뒤는?

　……나가세 일족의 분노를 맛봐라!!

**

　"……그래서 와버렸습니다. 브란코트 왕국……."

　응, 내 얼굴이 찍힌 수배 사진이 아니라, 수배 초상화가 나돌고 있는 곳이다.

　……그리고 내 얼굴을 익히도록 상급 장교를 발모어 왕국으로 보내기까지 하는 스토커 국가다.

　국가까지 동원하는 스토커는 규모가 굉장하군요.

　……그래서 작전을 세웠다.

　우리에게는 '학습능력'이 있다구. '학습능력'이!

　"그래서 팀을 나누도록 하겠습니다. 로랜드와 프란세트는 코볼트 팀. 그 외 나머지는 뽈토끼 팀입니다!"

"""""".............""""""

또 무언가 이상한 짓을 벌이기 시작했다.

다섯 사람이 그런 눈으로 쳐다봤다.

"아마도 적은 우리가 지난번에 통과했을 때의 인원 구성을 바탕으로 여행자를 검문할 테니 완전히 허를 찔러주자고. 그리고 난 변장을 좀 할게. 지난번에는 레이에트 짱이 없었으니 파티를 쪼갠다면 저들의 눈을 완벽하게 속일 수 있을 거야."

귀족처럼 보이는 남녀 장교.

……오누이인가, 같은 임무를 맡은 동지인가, 아니면 사랑의 도피 중인 연인인가.

어느 쪽이든 그다지 이상한 조합은 아니니 국경검문소 경비병들이 말참견을 하지는 않겠지. ……아니, 자칫 말참견을 했다가는 목이 달아난다. 비유적인 표현이 아니라 물리적으로.

그리고 4명의 평민들. 그중 3명은 미성년 소녀.

경비병들이 걱정을 하면 했지, 경계할 리가 없는 조합이다.

마차를 이용할 돈이 없는 형제들이 말에 의지하여 고달픈 여행을 하고 있다. 신출내기 헌터로 보이는 오빠가 미덥지는 못해도 유일한 호위다.

전혀 부자연스럽지 않다. 지극히 평범한, 하루에도 수십, 수백 팀은 검문소를 통과할 조합이다.

특히 지난번에 경비병들이 나의 호위라고 착각했을 로랜드와 프란세트가 곁에 없으니 나를 '사도님'이라고 생각하는 자는 없을 터. 그리고 내가 변장까지 한다면.

……완벽하다.

네 사람은 내 설명을 듣고서 납득해준 듯하다. ……레이에트 짱은 무슨 말인지 잘 모를 테니 제외.

그리고 국경검문소를 얼마 남겨두지 않은 지점에서 변장한 뒤 두 팀으로 분리.

만약의 사태에 대비하여 로랜드와 프란세트의 '코볼트 팀'은 우리 '뽈토끼 팀'과 너무 멀리 떨어지지 않았다. 사이에 다른 여행자들 2~3팀 정도를 끼고서 앞쪽에 위치하고 있다.

만약에 우리가 앞에 있다면 무슨 불상사가 벌어졌을 때 입국 심사를 미처 마치지 못한 '코볼트 팀'이 검문소를 돌파해야 하는 골치 아픈 일이 일어날 테니까.

우리가 뒤에 있다면 불상사가 벌어졌을 때 검문을 통과한 앞 팀이 뒤로 달려오면 된다. 그러면 국경을 억지로 돌파하여 중죄인이 되는 것을 피할 수 있다. 사소하게 느껴질 수도 있겠으나 이 차이는 대단히 크다.

자, 그럼 국경검문소로!

……별일 없이 무사히 통과했다.

응, 알고 있었어.

물론 전투마차는 아이템 박스에 수납했고, 나는 레이에트 짱을 안고서 에드의 등에 타고 있었다. 그러니 경비병들의 눈에 우리 모두가 '간단한 짐을 소지한 채 말에 타고 있는 여행자'로 보였을 테지. 상품을 싣고 있지 않으니 과세대상도 아니다. 그래서 경비병이 거의 프리패스에 가깝게 '자자, 어서 통과해요, 빨리!' 하고 재촉하기만 했다.

이건 내 우수한 변장 기술 덕분이겠지.

머리와 눈동자 색깔을 바꿨다.

그리고 투명 테이프와 접착제, 파운데이션……이 아니라 파우데이션을 써서 눈을 처지게 했다.

한 나라의 흥망이 걸려 있는 중대한 밑작업이니 파운데이션(foundation)이라고 해도 되려나? 어차피 글자는 똑같고.

그리고 머리와 눈동자뿐만 아니라 내 존재의의라고 할 수 있는 눈매도 부정해버린 대담한 변장술 덕분에 의심을 사지 않았던 것이다.

그것은 '나'라는 인간의 기본적인 부분이며, 다들 나를 인지할 때 꼭 살펴보는 가장 중요한 부분이기에……, 으, 시끄러워!

여하튼 의심을 사지 않고 무사히 브란코트 왕국에 입국했다.

"……용케도 질문 하나 받지 않고 통과했네……."

"어?"

에밀이 느닷없이 그런 말을 했다.

"왜? 수상한 게 하나도 없었잖아?"

"평범한 평민 아이는 말을 타지 않고, 승합마차에 탈 돈이 없다면서 말을 세 마리나 가지고 있잖아……. 누가 봐도 이상해."

"…….

…………..

………………..

"빨리 말했어야지이이이이이!!"

빨리 말해줬더라면 나름 변명을 궁리했을 텐데!

……아니, 뭐, 변명을 쥐어짜냈더라도 결과적으로 아무 질문도 받지 않고 통과하였으니 헛수고가 됐을 테지만…….

"다음부터는 석연치 않은 부분이 있거든 바로 말해! 내 말 알겠지?"

"으, 응……."

아마도 내가 제안한 방안이니 틀림없다, 의문을 품는 건 불경이다, 그런 생각을 했겠지.

애들 안 되겠네. 그 부분을 더 확실하게 교육해야…….

국경을 넘자마자 '코볼트 팀'과 합류했다. 이제는 어디 도시에 들어갈 때와 이 나라를 나갈 때만 잠시 떨어지면 되겠지. 그리고 수상한 병사 집단이 근처에 보일 때나…….

멀리서 그런 무리가 보이면 지극히 자연스럽게 간격을 벌려서 다른 일행인 것처럼 행동하면 된다. 그리고 도시 내에서는 각 팀이 같은 여관에 따로 체크인한 뒤 나중에 한쪽 방에서 합류하면 된다.

　뭐, 대부분은 야영을 하면서 밤을 보낼 거라 도시 여관은 며칠마다 한 번씩 묵게 되겠지만.

　물론 빨리 도착하기 위해서는 매일 야영하는 편이 낫다. 낭비되는 시간을 아낄 수 있으니까.

　다소 어둡기는 하겠지만 야광봉이 있으니 아스팔트로 포장되어 있지는 않지만, 나름 정비되어 있는 주요가도를 걷는 것쯤은 별 어려움이 없다.

　……그러나 멤버 중 3분의 2가 여성이다. 적어도 며칠마다 한 번은 욕조에 몸을 담가주지 않고는 못 배긴다. 나도 그럴진데 연인과 함께 있는 프란세트와 벨은 그 욕구가 더 강하겠지.

　내가 프란세트와 벨에게 그렇게 말했더니…….

　"어? 별로…….”

　"그런 거 신경 쓴 적이 없는데…….”

　으, 너, 너희들…….

　그, 그랬니?

　그런 시대 배경이었나? 인종의 차이 때문인지, 습관이 그런 건지…….

　어, 뭐, 꽤 오래 전부터 평민도 욕조에 몸을 담그는 것이 일상이었던 일본과는 다른가…….

　그래도 내가 참을 수 없으니 며칠마다 한 번씩 욕조가 있는 여관에 묵어야 한다!

그러나 뭐, 일단 오늘밤은 야영.

그리고 왕도를 피해 왕도 남쪽을 멀리 우회하여 발모어 왕국으로……

"오늘밤은 여관을 잡자. 그리고 이 나라의 왕도인 아라스로 간다."

"뭐라고오오오오오~~!!"

헉헉헉…….

"어째서 신분이 발각될 위험이 높은 곳을 제 발로 가자는 거야!"

로랜드가 터무니없는 소리를 내뱉자 목청껏 외치고 말았다.

그나저나 대체 무슨 생각을 하는 거냐! 바보 아닌가…….

"아니, 앞으로 벌어질 일을 생각하면 브란코트 왕국의 내부 상황을 확인하고, 얻을 수 있는 정보를 최대한 수집하면서 통과하는 게 상책이겠지. 설마 카오루가 돌아올 거라고 예상한 자는 없을 테니 발각될 위험은 그리 높지 않을 거고……."

으으음……. 일단 로랜드의 말에도 일리가 있다. 그러나…….

"문외한에다가 더욱이 신분이 들통이 나면 큰일이 나는 우리가 굳이 그런 짓을 하지 않더라도 첩자나 내부 앞잡이나 매수한 하급귀족한테서 정보를 입수하고 있잖아? 그 전령 근위병도 제1왕자가 도피했다는 사실을 알고 있었으니 정보를 제공해주는 곳이 있다는 뜻이잖아? 굳이 우리가 왕도에 갈 필요가 있어? 로랜드의 취미나 취향이라는 이유 빼고!"

"윽……."

로랜드 녀석 말문이 막혔구나!

즉 '내가 직접 해보고 싶었다'는 뜻이다.

저 녀석이…….

**

발모어 왕국의 왕도, 그루아에 도~착!

……브란코트 왕국의 왕도?

그런 데를 누가 가냐!

다수결로 5대1. 완승이었지.

나와 로랜드가 위험에 노출되는 것을 절대로 허용하지 않는 프란세트.

나에게 절대적인 충성을 맹세한 에밀과 벨.

그리고 뭐가 뭔지는 잘 모를 테지만 내 편을 들어주는 레이에트 짱

……다수결을 했을 때 내가 패배할 요소는 없다.

그래서 분해하는 로랜드를 무시하고서 예정대로 브란코트 왕국의 왕도인 아라스를 피해 남쪽 경로를 지나 무사히 발모어 왕국의 왕도에 도착했다.

브란코트 왕국에서 위험을 무릅쓰면서까지 잘하지도 못하는 첩보원 노릇을 하는 것보다는 한시라도 빨리 귀국하여 왕에게서 이야기를 듣는 편이 최신 정보를 얻을 수 있는 가장 빠른 방법이다.

더욱이 애당초 왕이 '당장 돌아와!' 하고 전언까지 보냈잖아!

로랜드에게는 동생이지만, 일단은 '국왕 폐하'이니 그 지시, 아니, '명령'을 따라야만 하겠지…….

그래서 지금 우리는 그리웠던 왕도 그루아에 도착했다.

이곳 발모어 왕국은 나와 레이에트 짱을 제외한 네 사람의 모국이다.

진정한 모국이 이 세계에는 없는 나에게도 뭐, 모국 비슷한 나라이긴 하다.

이 세계에 처음 내려온 곳이 브란코트 왕국이긴 하고 한동안 머물기도 했지만, 그 나라를 모국이라고 부르고 싶은 마음이 없다. 자칫 그런 소리를 했다가는 그 나라의 녀석들이 우쭐거리며 무슨 망발을 내뱉을지 모른다.

일단 우리는 왕궁으로 향했다.

왕궁으로 가면 뭔가 먹을 수 있다……, 가 아니라 일단 정보부터 입수하여 급한 안건이 있는지 확인하는 것이 급선무다.

물론 국경선을 넘어 발모어 왕국에 진입한 뒤에 전투마차를 아이템 박스에 수납했고, 변장도 풀었다. 이 나라에서는 변장할 필요가 없고, 전투마차를 널리 선전하고 싶은 마음은 없다.

……내 존재가 이 나라에 널리 알려져 있으니 전투마차의 소유주가 나라는 사실이 알려진다면 공연히 해코지라고 해야 하나, '부탁'을 하려고 달려드는 녀석들이 넘쳐날지도 모른다.

솔직히 그건 짜증.

'부탁'이나 '초대'를 하려고 온 사람들은 때리거나 폭탄으로 날려버릴 수도 없어서 성가시다. 한두 번 거절했다고 해서 포기할 녀석들이 아니잖아.

그러니 차라리 거리낌 없이 박살 내줄 수 있는 습격자들이 오히려 편할지도…….

그러나 이 나라에는 그런 짓을 할 만한 사람이 없다.

……아, 아니, '없었다'고 해야 하나?

현재는 루에다의 잔당과 브란코트 왕국의 간첩, 아니, 암살자가 도사리고 있을 만한 상황이다.

지난번에 브루스라는 사교가 베리스카스에서 나를 자기편으로 끌어들이려다가 여의치 않자 느닷없이 죽이려고 달려들었다.

그가 태도를 갑자기 바꾼 것이 석연치 않다. 사도를 죽이려는 의도를 애초부터 품고 있었다고밖에 볼 수 없다.

아마도 잘 구슬릴 수 있다면 이용해먹고, 여의치 않으면 죽인다는 노선이었을 테지. ……아니, 그런 명령을 받았을 뿐 본인은 애초부터 나를 죽이고 싶어 하지 않았을까?

나를 루에다의 멸망, 아니, '루에다의 종교관계자의 멸망'을 초래한 대죄인, 교적(教敵), 신적(神敵), 거짓 사도, 악마의 사도로 여기고 있는 듯하니…….

하지만 그자들을 끝장내버린 당사자는 세레스 본인인데, 아무리 생각해도…….

신앙하던 여신님이 손수 끝장을 내버린 종교집단.

응, 없어~.

달리 들어본 적이 없어~…….

뭐, 여신님을 죽일 수도 없는 노릇이니 어쩔 수 없이 모든 원망과 증오가 나에게로 쏟아지는 건가? 내가 여행을 떠나게 된 계기가 된 그 습격사건도 루에다의 부패 신관 중 하나가 주범이었고.

……그 신관이 최후의 한 마리일 리가 없다.

아니, 베리스카스에서 나를 습격했던 브루스 사교가 도망친 자들이 많다고 확실히 증언했으니 그건 명백한 사실이다. 더욱이 축적해뒀던 재산을 반출하여 공작자금이 부족하지 않은 자들도 몇 명 있다고 하고.

아니, 왕에게서 이야기를 들은 뒤에 생각해도 늦지 않나. 곧 정확한 정보를 얻을 수 있으니 지금 생각해봤자 소용없다.

나는 앞을 걷고 있는 로랜드의 발치를 내려다보며 걷다가 고개를 들었다. 길을 걸을 때는 고개를 들고 등을 편 상태에서 당당하게……, 윽!

"으앗!"

길 여기저기에서 수많은 사람들이 멈춰 서서 기쁜 얼굴로 두 손을 흔들고 있었다. 그리고…….

"""""사도님, 만~세! 프란 님, 만~세! 로랜드 님, 만~~세!!"""""

……당연한가? 여신의 사도님에, 구국의 대영웅이자 성기사 프란에, 왕형 로랜드가 한데 모여 있으니까. 더욱이 이 나라에서 종적을 감춘 사도님이 몇 개월 만에 모습을 드러냈으니 열광할 만도 하지.

그리고 사람은 내가 모습들 드러냈기에 포션이 다시 유통될지도 모른다고 기대하고 있다. 판매용 포션, ……그리고 여신의 자비인 '여신의 눈물'도…….

아니, '여신의 눈물'은 제쳐두고 판매용 포션을 다시 유통시킬 생각은 없다.

그 포션은 의학과 약학의 진보를 가로막고, 의사와 약사를 도태시키는 악마의 약이다. 보급해서는 안 된다.

만약에 포션을 대량으로 유통시켰다가 50년 뒤에 내가 갑자기 없어진다면?

엄청난 대참사가 벌어질 것이다.

그런데 내가 부재 중이라면 모를까 이 나라에 있는데도 포션이 유통되지 않는다면.

사람이란 한 번 사치를 맛보면 손에서 놓지 못하는 존재다.

……역시 용무를 마친 뒤에 나는 이 나라를 다시 떠나는 게 옳을지도 모르겠네. 내가 있으면 고아들, '여신의 눈' 아이들도 내 곁에서 떨어지려고……, 그래, 독립하려고 하지 않을 테니까.

그건 일종의 주박이며 저주가 아닌가…….

"카오루, 도착했어!"
"아……, 으, 응."
에구구, 멍하니 생각에 잠겨서 걷다보니 어느새 왕궁 내 왕의 집무실에 도착했다.

이 멤버가 굳이 알현의 방에서 왕과 만나는 건 우습다. 왕의 집무실로 곧장 가는 게 당연하지.

"들어가겠습니다!"
가볍게 노크한 뒤에 로랜드가 문을 열었다. 상대의 대답을 듣지 않고 문을 열긴 했지만, 이곳은 그렇게 해도 문제없다. 이곳은 왕이 사생활을 보내는 곳이 아니다.

그리고 아무리 동생이라고 해도 이곳에서는 국왕과 신하의 관계다. 그러니 로랜드가 존대하는 것이 당연하다. 단 둘이 있거나 가족들끼리 있을 때는 '형과 동생'으로 돌아가도 상관없겠지만, 적어도 보는 사람이 있는 복도에는 용납할 수 없다.

"형, 잘 돌아왔어!!"
그리고 우리가 방에 들어가 문을 닫자마자 세르쥬 국왕이 울면서 로랜드에게 매달렸다. 대놓고 '형바라기 동생'처럼 굴고 있다.

세르쥬 국왕은 결코 무능하지 않지만, 지금껏 어려울 때마다 형이자 유능한 신하인 로랜드가 지탱을 해줬다. 그러니 형이 없는 상황에서 전쟁 위기가 고조되고 있으니 불안해할 만도 하겠지.

뭐, 전쟁이 시작되면 나름 왕답게 처신하기는 할 테지만, 역시나 곁에 로랜드가 있느냐 없느냐는 차이가 크다. 로랜드가 곁에 있어야만 안심할 수 있다는 뜻이다.

나도 학창시절 때 사귀던 남자친구와 헤어지고 싶어 하는 동급생이나 후배들에게 곧잘 동석해달라는 부탁을 받았었다. 내가 동석하면 상대가 겁을 집어먹고서 협박하거나 구질구질하게 달라붙지를 않아 깨끗하게 헤어질 수가 있단다.

그래서 '이별의 프로', '남자친구와 헤어지고 싶다면 그 분야의 전문가인 나가세 선배에게 상담을!' 하는 평판을 얻었는데…….
으, 시끄러워!

내가 남자와 헤어진 적은 단 한 번도 없어!

애당초 남자와 사귄 적이 한 번도 없는데 어떻게 헤어지겠어. 빌어먹을!!

……헉헉헉…….

여하튼 이제부터 로랜드의 동생인 세르쥬 국왕에게서 자세한 이야기를 듣고서 할 일을 정해야한다.

그렇다. '할 일(殺)'을 정해야지…….

레이에트 짱과 고아들을 다치게 한 자.

내 이름을 찬탈 행위를 정당화하는 데 이용한 자.

나를 속여서 이용하려다가 실패하자 돌연 죽이려고 한 자.

……내가 그런 자들을 가만히 두고 볼 것 같아?

언제 또다시 나의 소중한 사람들에게 위해를 가할지 알 수 없는 녀석들을 그냥 방치하라고?

우리를 건드려도 아무 문제도 없다는 인식이 퍼져나가는 것을 그냥 방치하라고?

꿩이여, 그대 요란하게 울지 않았더라면 총알구멍은 뚫리지 않았을 것을…….

……그런데 왜 잔뜩 굳은 얼굴로 뒷걸음질을 치려는 걸까요? 국왕 폐하.

응, 둘 밖에 없는 친구에게서 곧잘 그런 이야기를 들었더랬지. '아이 앞에서 절대로 웃지 말라'고.

……시끄러워어어어!!

……으, 앗!

여기 왕궁이었지?

분명 설정상 나는 '왕궁에는 들어가지 않겠노라'고 세레스에게 맹세한 것으로 알려져 있지 않나?

제길. 골똘히 생각하며 걷다가 그 설정을 깜빡 잊고서 성큼성큼 들어와 버렸네. 왕궁, 그것도 중추 중의 중추인 국왕 폐하의 집무실에!

제길. 적당한 이유를 꾸며내어 둘러대지 않으면…….

추가 이야기 마리알의 결의

카오루 님이 가버리셨습니다…….

그러나 그건 어쩔 수 없는 일.

이곳에서 해야 할 일을 끝마치신 뒤에 신적을 멸하기 위해서 다른 곳으로 떠나셔야 하니까.

저 하나를 위해서 수많은 사람들을 구원해주셔야 하는 카오루 님을 붙잡아둘 수는 없습니다.

숙부인 아라곤의 손에 가족들을 살해당하고, 그리고 간계에 넘어가 가족의 원수와 결혼할 뻔한 저를 구해주신 여신 카오루 님.

카오루 님이 세간에 알려져 있는 '사도님'이 아닌 실은 여신이라는 것을 아는 사람은 카오루 님의 일행인 그 다섯 분과 우리 레이펠 자작가 사람, 그리고 정식으로 밝히지는 않으셨지만 어렴풋하게 짐작하고 있는 드리벨 남작뿐입니다.

그처럼 중대한 비밀을 밝히면서까지 저를 구해주신 것도 황송할 지경인데, 권력자들이 저를 '여신의 금지옥엽'이라 추켜세우며 이용하려고 했을 때도 또다시 구원해주셨습니다. 그건 제가 알아서 해결해야하는 문제이건만…….

보통 여신님께서는 한 인간에게 딱 한 번만 구원을 내려주신다고 들었습니다.

여신님께 구원을 받은 자는 여신님이 떠나신 뒤에 자력으로 행복을 쟁취해야만 합니다.

그러나 전.

'동물들과 대화할 수 있는 능력'을 내려주셨는데 여신님께서 떠나신 뒤에도 이 능력을 계속 사용할 수가 있습니다.

……이겼다!!

어건 아니죠. 이건 승패를 가리는 문제가 아니에요.

어쨌든 카오루 님께서 수도에서 도와주신(애프터서비스) 덕분에 제 위치와 안전을 거의 보장받을 수 있었습니다.

이름이 뭐였더라? 그 아무개 백작가와 왕궁에서 벌어졌던 '사소한 사건'을 전해 들으신 분들이 제게 무언가를 강요하거나, '여신의 총애를 받고 있다는 증거를 보이라'고 말하실 리가 없습니다.

그 사건은 평민들에게는 알려지지 않았을 테지만, 귀족이나 왕족에게는 은밀히 알려졌을 겁니다. 어떤 바보 하나가 일을 저지르면 나라 전체가 멸망할지도 모르니 체면을 따질 상황이 아니니까요.

그리고 모두들 '여신의 힘은 이용해서는 안 된다. 파멸을 맞지 않도록 결코 얽혀서는 안 된다'고 인식하셨을 테죠.

아뇨, 그건 결코 틀린 판단이 아닙니다. 카오루 님께서는 분명 당신과 당신이 소중하게 여기시는 분들에게 위해를 가한 자는 용서하지 않겠다고 말씀하셨습니다. ……그리고 '물론 마리알도 내가 소중히 여기는 사람들 중 하나야' 하고 말씀하셨어요!

꺄아아아아아아아~~!!

헉헉헉…….

아뇨, 그건 제쳐두고.

이 세계의 여신은 물론 세레스티느 님입니다.

먼 옛날부터 대재해를 예언해주시고, '재액'으로부터 사람들을 지켜주신 이 세계의 수호신.

……약간 대범하셔서 개개인의 사정 따윈 신경 쓰지 않는 듯하지만, 뭐, 대체로 '착한 여신님'이라고 할 수 있겠죠. 예, 아마도…….

그리고 이 세계에 강림하신 이세계의 여신 카오루 님은 여신님의 입장에서 거들떠볼 가치도 없는 어린 아가씨가 겪은 '하등생물의 시시한 집안싸움'에 개입하셔서 자비를 베푸시고 구원해주셨습니다.

이 세계의 여신이신 세레스티느 님께서는 이따금씩 변덕처럼 사람을 구해주시고도 하고, 개개인의 속사정 따윈 전혀 관심이 없으시고, 종종 신벌을 내려 대량으로 죽이기까지……, 아니, 조금 혹독하게 다루십니다.

그에 비해 카오루 님께서는 사람을 고통에 몸부림치면서도 필사적으로 살아나가고 있는 한 생명으로서 바라보시고 손을 내밀어주십니다.

전 신이 아닌 몸, 이른바 일개 인간 소녀에 불과합니다만, 저역시 과감하고도 격렬하며 자애로 가득한 카오루 님처럼 저의 이

작은 손이 닿는 범위에 있는 가신이나 영민들을 지켜주고 자애하는 선량한 영주가 되고 싶습니다. 아니, 되어야만 합니다. 그것은 여신님께 구원을 받은 자의 의무이자 고마운 마음을 표하는 방식이니까.

그래요. 카오루 님은 제 인생의 멘토예요!

그리고 저도 카오루 님처럼 레이에트 님 같은 유녀, 프란세트 님 같은 늠름한 언니, 그리고, 그리고 로랜드 님 같은 근사한 귀공자를 거느리고 싶은데…….

……우후.

우후후.

우후후후후후후…….

"아가씨……."

집사가 이맛살을 찌푸리며 복잡한 얼굴로 말을 걸어왔습니다.

이 집사는 아버님 대부터 이 가문을 위해서 일한 신뢰할 만한 사람입니다. 주인의 노여움을 사는 것을 두려워하지 않고 하기 어려운 이야기나 간언 등을 야무지게 해주는 진정한 충신이에요.

그리고 그는 무척이나 어려운 이야기를 할 때 저런 표정을 짓습니다.

저 말은 정신 똑바로 차리고 들어야만 합니다.

"뭔가요?"

집사는 껄끄러운 표정으로, 정말로 껄끄러운 이야기를 했습니다.

"……최근에 눈매가 사나워지시지 않았습니까?"

어?

어어?

어어어어어?

"꺄…….."

"꺄?"

"꺄아아아아아아아~~!!"

그 부분만큼은 닮고 싶지 않아요오오오오오~~!!

어, 어쨌든 전 이세계의 여신님이신 카오루 님께 받은 총애와 동물과 대화를 나눌 수 있는 능력을 잘 활용하여 우리 영지와 영민들, 더 나아가 이 나라를 지키고 발전시킬 거예요. 저를 구원해 주신 카오루 님의 기대에 부응할 거예요! 설령 그 어떤 간난신고(艱難辛苦)가 닥치더라도 극복하고, 쳐부수고, 뛰어넘어……

해낼 겁니다!

이 마리알이 기필코 해내겠습니다!

언젠가 카오루 님을 또다시 뵐 수 있게 되는 날이 왔을 때 가슴을 활짝 펼 수 있도록.

다음에 그분을 이 세계에서 뵐 수 있을는지, 아니면 여신님이 사시는 하늘나라에서 뵐 수 있을는지…….

추가 이야기 암부여 잘 가라!

"암부를 쳐부수겠습니다."

"어……."

마리알이 갑작스럽게 말하자 초로의 집사가 경악했다.

그는 선대부터 이 가문을 모셔온, 마리알에게도 절대충성을 맹세한 집사이다. 그러나 그렇기에 주인이 무모한 행동을 하지 못하도록 제 목숨을 던져서라도 막아야한다고 각오하고 있었다.

그리고 지금이야말로 그때!

선대 자작님께서 베풀어주신 은혜를 갚고자 이 몸을 희생해서라도 반드시 아가씨를 저지한다!

그렇게 생각하고 결심하고 있으니…….

"물론 난 이 저택을 한 발자국도 나가지 않고 다른 자한테 맡길 생각이지만."

"……아, 예……."

집사는 김이 팍 새버렸다…….

**

"우선 병력을 정비하겠어요."

"하아…….."

현재 마리알은 체류 중인 마스리우스 백작령 영도 인근에 있는 산지에 있었다.

집사와 호위를 대동하고서 그곳으로 간 마리알은 특별제작을 한 외투를 걸치고 있었다.

그 외투는 맹금류가 발로 움켜쥐더라도 발톱이 몸을 찌르지 않을 만큼 두껍다. 그리고 어깨 부분에는 맹금류가 발로 쥐고서 앉아 있기 편하도록 돌기가 나 있다.

그리고 그곳에는 현재 맹금류가 아닌 새가 앉아 있었다.

'그럼 부탁해요.'

'맡겨둬까악!'

그렇게 말하고서 까마귀가 힘차게 날갯짓을 하며 날아올랐다.

"이제는 기다리기만 하면 되겠어요."

"아, 예……."

집사는 그 이외에는 달리 할 말이 없었다…….

그리고 한 시간 뒤.

'이렇게나 많이 스카웃해왔다까악.'

까마귀 옆에는 매, 독수리, 송골매, 올새, 벌새, 잉꼬, 그밖에 다양한 새들이…….

'잘 했어요! 특별보수를 기대해도 좋아요!'

'진짜냐, 아가씨! 우우, 애들을 오랜만에 배불리 먹일 수 있겠

구나. 고마워, 아가씨……, 까악!'

까마귀가 말꼬리에 억지로 '까악'이라는 소리를 붙이자 마리알은 무슨 관습인가, 하고 고개를 갸우뚱거렸다.

그리고 마리알은 감격하며 떨고 있는 까마귀를 내버려두고서 당장 교섭에 들어갔다.

……물론 모여든 새들과 고용계약을 맺기 위해서.

'……그럼 고용기간 중에 모두와 가족 분들의 식사와 다치거나 병에 걸렸을 때 치료를 책임지면 되는 거죠? 치료를 할 때 여러분이 원하는 대로 최대한 성의껏 조치해주겠지만, 기대에 미치지 못했을 경우에는 부디 양해해주시길…….'

'좋네. 신이 아니니 죽어야 하는 운명에 처한 자를 살릴 수는 없지. 정성스러운 치료를 받다가 배를 곯지 않고 따뜻한 곳에서 최후를 맞이할 수 있다면 바라마지 않던 행복이겠지. 그 이상을 바라는 건 사치이며 신에 대한 불경이겠지……. 귀공도 그렇게 생각함매?'

'으음, 이 독수리도 그렇게 생각하수리…….'

모여든 새들 중에서 권력이라고 해야 할까, 서열이라고 해야 할까, 그게 가장 높은 매와 독수리가 그렇게 말해서인지 다른 새들도 고개를 끄덕여주었다.

매와 독수리와 어깨를 나란히 할 만한 실력자인 송골매가 입을 다물고 있는 이유는 말꼬리에 '송골매'를 붙이는 게 귀찮아서가 아닐는지…….

어쨌든 마리알은 각종 새들의 대표들과 논의를 끝마쳤다.

이제는 이 대표자들이 다른 동료들에게 계약 내용을 알려주어 그중에 희망하는 자를 저택으로 보내줄 것이다.

**

'잘 오셨습니다. 내가 이 아이들의 주인인 마리알입니다.'

별택으로 돌아온 마리알은 이번에는 자기가 키우는 개들이 데려온, 인근 들개들, 애완견들과 교섭을 시작했다.

고용조건은 새들과 거의 똑같지만, 일부 개들에게는 주인이나 자신에게 먹이를 주는 친한 사람에게 꼭 하고 싶은 말을 전해준다는 서비스도 추가하였다. 지난번에 카오루가 그런 조건을 제시했었다고 개들이 말해주었다.

개들 중에는 지난번 숙부인 아라곤을 탄핵했을 때도 참가해줬던 자들도 섞여 있었다. 그 개들이 옆에서 말을 잘 해준 덕분에 아무 문제없이 교섭이 마무리되었다.

"좋았어. 복수 준비를 모두 끝마쳤습니다! 이번에는 여신님의 힘을 빌리지 않고 우리의 힘만으로 복수를 완수하도록 해요! 흑막인 아라곤은 박살냈습니다. 그러나 난 그 정도로 만족할 만큼 난사람이 아니에요. 돈을 위해서 아버님과 어머님, 그리고 오라

버니를 죽인 녀석들을, 지금도 숨을 쉬고 있을 녀석들을 내가 눈
감아줄 것 같나요?"

마리알의 웃음에서 어둠이 느껴졌다.

그녀는 이미 강을 건넜다. 천진난만하고 명랑하고 뽀송뽀송한
귀족 아가씨와 혹독하고 뻔뻔스러운 '복수자' 사이를 가르는 강
을……

**

"저게 목표예요."

마리알이 술집에서 나온 네 남자들을 가리켰다. 돈의 힘으로
정보를 수집하여 드디어 찾아낸 암부의 말단연락원들이다.

"뒤를 밟아 근거지를 확인하고, 접촉한 동료들도 미행하고, 그
리고 그밖에 미리 협의한 일들을 부탁합니다. 커다란 성과를 거
뒀을 경우에는 기본보수에 특별보수도 얹혀주겠습니다. 새 군단
여러분한테는 둥지용 자재나 반짝거리는 쇠붙이 같은 걸 드리죠.
개 군단 여러분들한테는 닭가슴살이나 감자 등 원하는 것을 뭐든
지 드리죠. ……그리고 희망한다면 우리 가문의 '전속'이 될 수도
있습니다."

'전속'이란 즉 애완견을 말하는 것이다.

그러나 애완견이라고 했지만, 온종일 쇠사슬에 묶여 있는 신세
가 되라는 뜻은 아니다. 교대로 방목에 가까운 저택 경비만 서준

다면 나머지 시간은 자유다. 음식과 거처가 보장되는 안정된 생활. 이미 다른 집의 애완견이 된 자들을 제외한다면 꿈같은 환경이다.

아니, 다른 집의 애완견들 중에도 주인을 바꾸고 싶어 하는 자들이 많겠지. 마리알의 애완견이 된다면 '주인과 대화'를 나눌 수가 있다. 그건 언제든지 자신들의 바람이나 어려움을 전할 수 있다는 뜻이다. ⋯⋯그리고 여신의 총애를 받은 자의 권속이 될 수 있다는 뜻이기도 하다.

물론 개뿐만 아니라 새들도 그 대상이다.

개 군단과 새 군단이 환희했다.

⋯⋯참고로 개 군단과 새 군단이란 레이펠 자작가가 보유한 영군(領軍)과 구별하기 위해서 마리알이 붙인 명칭이다. 그 안에는 까마귀 대대나 송골매 분대도 있다.

"송골매는 강해 보이니까 전투부대로 삼겠어요. 반드시 이길 것 같으니 '이기자 송골매 전투대'라고 해야겠네요."

멋있고 늠름한 송골매를 보고서 마리알은 기뻐하며 그렇게 중얼거렸다⋯⋯.

마리알의 말을 듣고서 개 군단과 새 군단은 크게 기뻐했다. 그러나 마리알은 손가락을 입술에 대고서 모두를 조용히 시킨 뒤 날카로운 목소리로 명령했다.

'적은 내 가족을 죽인 암부라 불리는 범죄조직이에요. 그 조직을 완전히 섬멸하는 것이 이번에 여러분의 임무입니다. 여러분의

활약을 기대할게요. ……오퍼레이션 '쓰레기 청소' 개시!!'

그리고 개와 새들이 충분한 거리를 두고서 남자들의 뒤를 밟기 시작했다.

곧 날이 저물 것이다. 그 뒤에는 올빼미와 쏙독새, 해오라기, 도요새 등 야행성 조류가 중심이 되어 움직인다.

참고로 밤에 사물을 잘 식별하지 못하는 새는 닭 말고는 거의 없다고 한다. 대부분의 새들은 밤에도 사물을 그럭저럭 식별할 수 있단다. 그저 밤에 날아다니는 새가 별로 없을 뿐…….

그러나 밤에 일을 하는 나무꾼이나 농부가 거의 없는 이치와 똑같은 것이니 하나도 이상할 게 없다. 누가 새는 밤눈이 어둡다는 헛소문을 퍼뜨렸을까…….

그러나 역시 떡은 떡집에, 야간 미행은 야행성 조류에게 맡기는 것이 최고다.

**

그리고 한 시간 뒤.

"준비가 다 됐네요……."

관계자들의 뒤를 밟아서 고구마 덩굴을 잡아당기듯 암부의 구성원과 그 상하관계를 깡그리 색출해냈다.

보통은 불가능한 일이다. 암부 조직원들은 모두 미행을 주의하고 있으니까.

그러나 누가 생각이나 했을까? 나뭇가지에 앉아 있는 작은 새와 가게 앞에서 뒹굴고 있는 들개가 자신을 줄곧 미행하고 있었다는 것을…….

미행을 따돌리고자 일부러 인파 속에 들어가거나, 가게에 들어갔다가 뒷문으로 나오는 등 발버둥을 쳐본들 상공에서 감시하고 있는 새들과 후각으로 뒤를 쫓는 개들을 떨쳐낼 수 없다.

암부 조직원들은 모든 조직원들의 얼굴을 다 알지 못한다. 직접 만난 적이 있는 조직원은 자신의 상관과 부하, 종종 같은 임무를 맡는 소수 동료, 그리고 연락원 정도다.

위장용으로 낮에 다른 일을 하는 자들은 동업자들과 직접 만나는 것을 되도록 피한다. 몰래 찾아오는 연락원하고만 접촉한다.

……그리고 어느 날 갑자기 연락원들이 모습을 감췄다. ……일제히.

들개에게 목이 물리거나.

작은 새가 몰래 음식에 넣은 독약을 먹거나.

매에게 두 눈이 쪼이거나.

상관과 연락이 끊어졌다. 부하와 연락이 끊어졌다. 그리고 다른 자들과도 점점 연락이 끊어졌다…….

어느 날 갑자기 개와 새들에게 습격을 받았다.

**

"대체 일이 어떻게 돌아가고 있는 거냐! 어째서 부하들과 연락이 되질 않는 것이냐!"

자신의 저택에서 그렇게 아우성치고 있는 암부의 보스……였던 남자.

아니, 스스로도 잘 알고 있겠지. 인정하고 싶지는 않겠지만.

그렇다. 이미 '암부'라는 조직이 존재하지 않는다는 것을…….

죽은 자들의 대부분은 뒷세계에서 살아가던 자들이다. 그래서 갑자기 종적을 감추거나, 시체가 되어 땅바닥에 나뒹굴고 있더라도 아무도 신경 쓰지 않는 녀석들이 많다. 그래서 살해된 채로 방치되거나, 쓰레기장이나 강에 버려져 행방불명이 된 경우가 많았다. 그들은 하나 같이 '개나 늑대, 혹은 그쪽 계통의 마물, 혹은 조류 마물에게 습격받은 것 같다고 추정만 될 뿐, 사인을 특정할 수 없는 변사체'로 발견되었으니까.

사회의 쓰레기가 변사체가 되어 발견되더라도 아무도 개의치 않는다. 아니, 기뻐하는 사람은 있을지도 모르겠지만…….

그러나 개중에는 죽었다는 사실이 암부에 전해진 경우도 있다. 그래서 암부 조직원들이 잇달아 죽고 있다는 사실이 상층부에도 전해졌다. ……손쓸 수도 없는 지경에 빠지고 나서야.

그리고 그 지경이 되고 나서야 '암부의 보스였던 남자'는 어떤 사실을 깨달은 듯했다.

"개나 늑대 마물. 조류 마물. 암부 조직원들만 잇달아 습격받아 죽었다……."

그의 뇌리에 세 가지 단어가 떠올랐다.

"……암, 암캐자작. ……조, 조귀족. ……레이펠 자작가를 습격해달라는 의뢰……. 서, 설마……."

**

"……나와 만나고 싶다? 아뇨, 난 범죄자와 만나고 싶은 마음이 별로 없는데요……."

"……증거도 없는데 범죄자로 취급해서 유감인가요? 그럼 나도 증거를 남기지 않도록 노력할 테니 범죄자로 취급받을 걱정은 없겠네요."

"……이제 그만해달라? 대체 뭘요? 증거도 없는데 범죄자라고 취급하는 건가요?"

"……내게 무슨 해코지라도 당할 만한 심증이 있나요? 심증이 없다? 그럼 내가 무슨 짓을 할 이유가 없잖아요? 어째서 심증이 없는데 내 집에 온 거죠?"

사자가 여러 번 올 때마다 간단하게 대꾸하여 돌려보냈다.

사자가 마리알에게 해를 입힐까 걱정할 필요는 없다. 어금니를 드러낸 채 으르렁거리는 수십 마리의 개들과 눈알을 파먹으려고 호시탐탐 노리고 있는 수십 마리의 맹금류들에게 호위를 받고 있는 사람에게 그런 짓을 할 자는 존재하지 않는다.

그리고 어느 날.

"슬슬 끝을 내도록 하죠……."

언제 습격받을지 공포에 떨며 고통을 충분히 맛봤을 부모님과 오라버니의 원수.

"오늘 밤 결판을 내겠어요."

"""와오오오오~~옹!!"""

"""구갸아아아아~~!!"""

그날 밤 어느 범죄자의 저택 앞에 한 작은 소녀가 모습을 드러냈다.

'여러분, 고맙습니다. 드디어 마지막 전투예요!'

'왈왈왈!

'구갸아구갸아!'

그리고 소녀는 적지로 발을 내디뎠다. 수십 마리의 개들과 주위를 날아다니는 수십 마리의 새들의 호위를 받으면서…….

오랜만입니다. FUNA입니다.

「포션빨로 연명합니다!」 제5권을 구입해주셔서 감사합니다!

이번에 카오루 일행은 분쟁에 휘말렸다가 반격에 나섭니다!

수도에 쳐들어가서 귀족, 신전, 그리고 왕궁에 싸움을 마구 걸어대는 카오루!

추가로 집필한 소설은 전부 마리알 이야기!

마리알, 타락한 것인가!!

카오루 "귀족 소녀, 무서워!"

그리고 다음 6권에서는 카오루의 위기와 예기치 않은 급전개!

그렇게 되는 것이더냐아아아아!!

독자 여러분들 덕분에 다음권도 나오……지 않을까…… 싶습니다. 아마도…….

이번 달(2019년 10월)에는 「포션」 5권, 그리고 다른 출판사에서 「저, 능력은 평균치로 해달라고 말했잖아요!」 12권과 본편 코믹스 4권, 스핀오프 코믹스 1권까지 총 4권이 한꺼번에 발간될 예정입니다!

……아, 대부분 다른 출판사 작품인데 선전해서 죄송.

그리고 같은 10월에는 졸작 「저, 능력은 평균치로 해달라고 말했잖아요!」 애니메이션이 방송됩니다! ……또다시 야망에 한 걸음 더 다가갔다…….

web코믹지 '수요일의 시리우스'에 호평 연재 중인 코믹라이즈 판은 첫 번째, 세 번째 월요일마다 새로운 화가 올라옵니다!(http://seiga.nicovideo.jp/manga/official/w_sirius/)

담당편집자님, 일러스트레이터 스키마 님, 표지 디자이너님, 교정 · 검열 담당자님, 그밖에 인쇄 · 제본, 유통 담당자님, 서점 직원 여러분, 소설 투고 사이트 '소설가가 되자' 운영자님, 감상란을 통해 오탈자를 지적해주시거나 조언해주시거나, 아이디어를 제공해주신 분들, 그리고 이 책을 구입해주신 여러분께 진심으로 감사드립니다.
고맙습니다!
그리고 후속권에서 또 만날 수 있기를…….

포션빨로 연명합니다! 5

2020년 5월 24일 1판 1쇄 인쇄
2020년 6월   1일 1판 1쇄 발행

저   자 FUNA
일 러 스 트 스키마
옮 긴 이 박춘상
발 행 인 유재옥
본 부 장 조병권
담당편집자 김민지
편집 1팀 정영길 김민지 조찬희
편집 2팀 김다솜 이본느
편집 3팀 오준형 곽혜민 김혜주
디 자 인 김보라 서정원
라이츠담당 김슬비 한주원
디 지 털 박상섭 박지혜 이성호
발 행 처 ㈜소미미디어
등   록 제2015-000008호
제 작 처 코리아피앤피
주   소 서울시 마포구 토정로222, 403호(신수동, 한국출판콘텐츠센터)
판   매 ㈜소미미디어
마 케 팅 한민지 권지수
경영지원 유하나
전   화 편집부 (070)4164-3962, 3963 기획실 (02)567-3388
　　　　　판매 및 마케팅 (070)4165-6688, Fax (02)322-7665

ISBN 979-11-6507-691-7 04830
ISBN 979-11-6190-500-6 (세트)